どんでん返し。

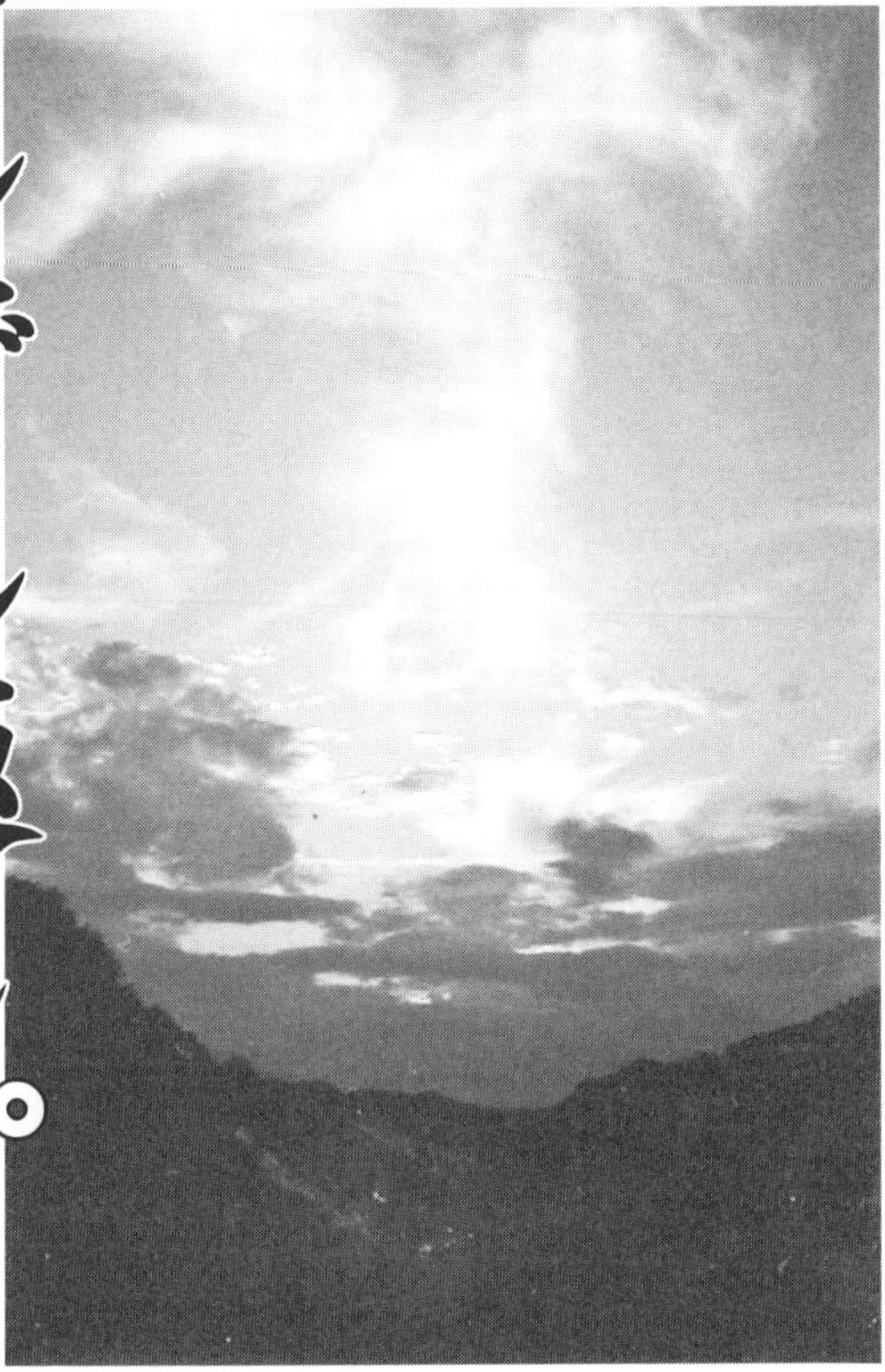

橋本きよ子

本の泉社

目次

どんでん返し。

深い霧の中で、さっきから三つの影が動いていた。窓により、じっと目をこらした。三つの影はあわたゞしく動いて四つにも見えた。

きょう、私たちは、東京へ帰ることになっていた。学寮の中に、ざわめきが始まり、時折、甲高い寮母さんの声がまじる。

「早く　食べて　支度せんと」

「わあい、きょうの　おみおつけ、大根だわ」

「最後の一滴まで、

ノコスナ　ステルナ　ダイジナ　シゲン。

いい匂い」

「席について――。先生から一言　みんなに、

きょうは　ここの皆さんとお別れして、東京へ帰る日です。十か月、お世話になった

感謝の気持を言いましょう。

　向こうを向いて——。

あれっ。誰だ！　今、急いで席についたのは。

いちろうだね。どこへ行っていた？

ゆうじと　ひろしも。コラッ、モトへ。

オセワニナリマシタ。アリガトウゴザイマシタ。

イタダキマース」


霧が晴れてきた。出発は十時だ。私は外に出た。一目散に、さっきの影のあたりへ行った。

「どこへゆくの」

ユキちゃんの声を振りはらった。

校庭の片隅の忠魂碑がぬれている。

——桜の樹ともお別れだ。

——去年、葉桜だったね。ナガのお別れだよ。

――毛虫に負けるなよ。

碑の根元をぐるりとまわると、土に足をとられた。そこだけ、何かが変わっていた。抜かれた草が無理やり詰めこまれ、ひしめいていた。

東北の春を待たずに、私たち、元、少国民は、終戦一年めの三月、学童集団疎開[*]を終え、東京へ帰った。

ただしくは、焼け跡に着いたのだ。

暖かな風が、様々な匂いを運んできた。

迎えにきた親たちのこと、親を喪ってたった一人になったユキちゃん、その他の友だちと、どんな風に　どこで別れたのか。散り散りになったのか。

今、どうしても思い出せない。

焼けて焼けて、焼けぬいたとしかいえない学校が、鉄骨だけ残って立っていて、窓枠という窓枠に、切れ端のようなものが、ひらひらと翻っていたことしか浮かばない。

＊学童集団疎開　昭和19年8月より、戦争の災禍を避けるため国民学校三年以上の児童を各府県毎に割り当て、移動し、集団で生活、勉学させた。

人かげはなかった。一年前、人々は、講堂のドアの内側で、折り重って蒸し焼きになり、外では黒焦げとなって死に絶えたという。もしかすると、洗濯ものを干しに戻って来たのでは……と思ってしまった。

第一部

一

三月は辛い。あれは去年。あのときは、海辺のお寺にいた。六年生は上級学校受験のため、東京へ向かった。

「嬉しいな。からだがはねちゃうよ」

「やせたんだ――よ」

誰かが肩を指ではじいた。

「お前にこれ、やるよ」

「兄ちゃん、チコによろしく」

「バカ、チコはもうとっくにいないんだ」

「どこへ行ったの」

「イナカだよ。ワンニャン疎開なんだ」

正雄が弟をからかっていた。

私たちは、手がちぎれるほど振って、送った。そのあと、みんな食べる気力がなくなった。

「食べる口が減った分、少しはまわせるからね」

と言ってくれたのに。

私たちは、追いていかれて、さびしかったのではない。このあとの、すさまじい、どんでん返しの前触れを、感じとっていたのかもしれない。

二

三月十日の明け方、北西の空がオレンジ色に染まり、暗い赤い色が広がっていく様子を見た。

「あれ、東京じゃない？」

「うん。……」

「どこだろう？　どこだろう？」

「どこかだよ……」

三年生の孝江が泣くと、女の子が、一斉に泣いた。

「泣いていいよ。うんと泣いて、雨になれ。そしたら、消してくれるよ」

「ケシテ　クレヨ――」

先生が　馬鹿なことを言って、わきを通った。鼻づまりの声だった。


あくる日。

子どもたちは、放っておかれた。

空襲のサイレンが二度もなった。だらだらと避難した。先生がゲートルを巻いて、風呂敷を肩に、あわてて出かけた。

そのまた翌日、すすけた顔の滋子の母親がやって来た。

本堂わきで、先生と立ち話をしていた。

「聞いてきて――」

とみんなにいわれ、道子は這って行った。

「もう先生、東京はおしまいです。

学校の講堂に、みんな避難しに行って……。

あそこの鉄のドアの中で……。

みんなみんな死んでしまって……。

先生、この間、帰って来たばかりの一郎くんの家の人も、あんなかにいたんですよ……。学校の近くでしょ。

あ、何てことを。家のおばあちゃんに、あんまり、しゃべるでないって言われて来たのに……

先生、お顔を見たとたん……。

すみません。

まだ、どこの家の親も来ていないですか。

私、半日も歩いて、ここへやっとこさ来ました。
家の滋子は？　あ、元気ですか。
いけません。私だけが、子どもに会っては。
一郎くんはこゝに来ましたか？
きのう、お稲荷さんのところで、ふらふらしていたんです。声をかけたら、
みんないないないんだよ――って言ったんです。
あの子に
こゝへ行ったら――といっときました。
だって、父親は応召していないんですよ」
一気にしゃべっている話は　ほんの少ししか分からなかった。
でも、東京が死んでしまったこと、――街も……人も……。
――だとすると、
――この間、喜んで帰っていった、まさおだって……もしかすると……。
私の家は？　母さんは？
突然、自分のことに気付いた。這いつくばったまま、道子は気が遠くなった。

先生が、みんなを呼んだ。男組も女組も、並んだ。東京が空襲に遭ったこと、滋子がお母さんと一緒に埼玉の方へ行くことを、重々しく話した。

滋子は五年生だ。二人は、たゞ頭を下げた。

「おばさん。話してちょうだい。

私んちはどう？　山崎町はどうなってる？」

「先生、きのう、見ていらっしゃったことを話してください。もっと詳しく……」

サイレンが鳴った。

「カイサン――

戦争は続いてるんだぞ――」

また、私たちは手がちぎれるほど振って滋子と別れた。右手を振って駄目だったからこんどは、左手を振った。


その次の日の夜。

一郎がやって来た。はだしだった。裏口にまわり、小さな声がした。

「ぼく、いちろう」

「どうしたの」

「みんな死んじゃった——と思うんだ。町内の人たちは誰もいないよ。いるもんか」

「ここに来ることを誰かに言って来たの？」

「言って来ない」

「立て札は？」

「………」

「誰かが、見つけに来たら……居所がわからなくて困るでしょう」

「絶対に見つけに来ないよ、ゼッタイニ」

「どうして？」

「どうしても。先生だって、あそこにいたらわかるよ」

それから、はげしい泣き声がお寺の境内をふるわせた。

私は目をさました。

私の母は、そのあとやって来たが、滋子の場合のようにはいかなかった。大人しく残った。

見渡す限り田んぼの千枚田の、端まで送っていった。母が点となるまで立ちつくした。

夜になると、顔をみせない親を思って、そこここで集まっては、そっと泣いた。

先生たちも、ひそひそ声で話し合ってばかりいた。私たちが近づくと、はっとしたり、身をかわしたりするのだった。

三

そして、五月初め。海辺は、敵が上陸するかもしれないということで、奥地に再疎開することになった。

ほんとうは、詳しく説明されたわけではない。誰かが、どこからから仕入れてきた、大人の話を伝えたのだ。

再疎開の話が具体的になるにつれて、引きとられていく子どもが増えた。

空襲の夜を逃げ惑って、どうにか生きられた親たちにしてみれば、そんなに遠くにやってしまえない、死ぬときは一緒の方がいいと、真底思ったに違いないのだ。つてをたよって、預け先を探した親もいた。

「縁故＊」へと変えたのだ。

もう、私たちは派手に手を振らなかった。振れなかったのだ。

悲しみがとばりのように古寺をつつんで、ふしあわせを連れてくる海と向き合っていた。

先生に連れられて、東北へ向かった。一郎も一緒だ。

着いた駅のホームから、遠く、雪の残る山のてっぺんが見えた。あわたゞしい出発だったので、荷物は間に合わず、とりあえず村の家へ、二、三名ずつ分かれてお世話になった。

私の泊まった家には、おばあさんがいて話し好きだった。聞きとりにくい話は驚くことばかり。

「みっちゃんと言ったかな。かわいいな。

＊縁故　縁故疎開のこと。学童疎開の一つのかたちとして当初より推奨された。

あんたを　みると……。わしら、十年もなるかなあ、うちの娘、手ばなしたんだよ。*

あの年は、寒くて寒くて作物が実らなかったから、食べるのも、きつかったからね。

どこんちでも出したなあ。あんたぐらいの年だった。

いい子だった。東京にいるんだ。でもな、東京は　灰だそうな。

あれも、どうしているか……。

こんなうちに泊まってくれて、ありがとうよ」

私は、むしょうに誰かに話したかった。

向かいの家に預けられた、ユキちゃんを訪ねることにした。

近そうにみえて、なかなかゆきつけない。

がんばってついたときは、薄暗く、蛙の鳴き声があたり一面広がっていた。

ユキちゃんは納屋のかげから出て来た。

「私、母ちゃんの夢、見たんだ。死んでなんかいないよね」

「………」

「どうして黙ってんの」

つき刺すような目におされて、自分の話をしそびれた。誰にも話せないこと、ひとりでしまっておかなくてはならないことが増えた。
——今にふくれてしまうよ。
帰り道、小川のわきで、蛙に向かって、
ヤメロ——合唱なんかヤメロ——
アタイの話をキケ
と怒鳴った。
いっとき、蛙の声がやんだ。おそい帰りで、家の人には、叱られてしまった。

こんな奥地にも、敵機は時折やって来て、機銃掃射を浴びせた。

草刈りやタキギ採りに、みんな揃って出掛けた時など標的になった。私たちは、必死になって、畠に逃げこみ、弾のはじける音にたゞ耐え、ゆきすぎるのを待った。里いもの葉の中の水滴が、コロリと玉になって、首のところから胸の中に落ちたときには、びっくりしてしまい、声を出しそうになってあわてた。

このとき、乳がふくらんでいるのに気付いた。

＊手ばなし　身売りのこと。

――母さんに、言わなくっちゃ……。

遠いなあ。会いたいなあ。

誰にも話せないまま、小さな乳に手をおいて、自分と向き合った。

四

三か月経ち、また、みんなで暮らせるようになった。

食べるものが少なくなり、空いたおなかが、そうさせるのかと思うほど、目が鋭くなった。

寮母さんの、よそう手元をじっとみつめ、お互いの食器の中をちらりと見たりした。

夢は、まず、遠くから近づいてくる、

「にまめーっ、にまめーっ」という呼声。ちりんと自転車がとまって、それから、盛られたお豆さんに青のりをかけて……。

――「ありがとさーん」、小父さんのかすかな声が自然に消えて、おしまい。

大して、好物でもなかった煮豆の夢を見るなんて、どうかしていると思いながら、その翌日は、ぼうっとしてしまうのだ。

——おいしいもの、って何？

——甘いもの、って何？

——おなかが、満足、まんぞくでごぜえました、っていうもの何？

充分に、味わわないうちに　収容されてしまった子どもたちだった。しっかりと記憶されてあったのかどうか。だから食べられるものなら何でもよかったのに、それすらとぼしかったのだ。

久し振りの男組の連中は、どこか、違っていた。

夜、男組の伝令が来た。

一郎が「遺言する」から、忠魂碑のところへ「来い」というのだ。先生に見つからずに行けるかどうか、心配もあった。


一郎は　すぐに切り出した。

「みんなどんでん返しって知ってるだろう。おれ、それだった。

海んところの寺から帰った夜、母ちゃんと並んで寝て、話しまくってさ。

でも、空襲もあったけど……。

それで一週間ぐらい、よかった。

いろんなとこ、行った。

受験のために帰って来たんだけど、嬉しくて遊んでた。

学校わきのお稲荷さんのところで、エンコ*に行った、しょうじと待ち合わせたり、つり堀も行ったさ。もちろん、魚なんかいないさ」

「………」

「でも見えた。うそじゃない。あぶくが見えたんだ」


「ねえ、ユイゴンって何さ?」

「早く言ってー、先生に見つかっちゃうよ」

「言うよ、あんなに楽しかったのによ。すぐに、みんな　オシマイってこと。

一緒に寝ていた母ちゃんと、姉ちゃん、みんな、いなくなっちゃったんだ。火の中で行ったり、来たりしているうちに——。

きっと、学校の講堂さ。むし焼きさ。天国から地獄だぞ。

どんでん返しだ。

また、釣りに行こうといったのによーな。

だから、サキノコト、カンガエルなよ。

まさおもしょうじも、どうしたかな。死んでしまったか、一人でどこにいるか、今はわからない。

これで　オシマイ」

低く、しやがれた声だった。

急に浩が言った。

「あんちゃんは、こゝにも来なかった。母ちゃんも、親戚のもんも」

一郎が、

「ひろし、いたんか、元気だせ」

いがぐりあたまを、胸に抱いた。


その夜、私たちが、初めて降りた駅が爆撃された。
＊エンコ　縁故と同じ。子どもたちの言い方。

五

八月は忙しかった。

遠いところで、

「新型爆弾*が破裂して、多数の死者が出た」と噂されていた。

先生たちの顔がけわしくなっていった。

八月十五日、日本は戦争に負けた。

その日から、夜が明るくなり、暗い森は一層、暗く深くなった。

サイレンの音が消え、蝉の声がひろがった。


東京へ帰れるというわけで、みんな荷造りに夢中になった。しかし、この寒そうな土地で冬を越さねばならなくなり、がっかりして、熱を出したりする子も出た。

「冬は寒いのです。迎えに来てください」

親のいる子は、手紙を出したりした。

「私も、天国の母ちゃんに、出すから……」

とユキちゃんが言ったとき、一郎は急に立ち上がって、ユキちゃんの頭を小突いた。ユキちゃんは、安心して、声を立てて泣いた。

上級学校受験の話は、どこかよその国の話のようだった。
孤児になった子どもは、東京に連れて帰り、施設で保護されることになった。
ある日、ユキちゃんが、
「私のこと、親戚の人が引きとってくれるんだって」
と、ひとり言のように言い出し、〈りんご　かわいや、かわいや　りんご〉と続けた。
明るい歌なのに、哀しくて、それでもうたうことで、なにかがやり過ごせた。
じっと冬を耐えた。
勉強のことは何も覚えていない。

東京へ出発する日の朝、霧の中で動いていた影は　何をしていたのだろう。

＊新型爆弾　原子爆弾のこと。当時、そのように発表された。

六

母は、祖父母とともに祖母の実家のある埼玉に移っていた。三月の空襲で何もかも失っていたし、父もまだ「戦争」から帰っていなかった。足りないものばかりであったが、私は、完全な子どもになった。

母は農家をまわって、その家の古い着物を簡単服に仕立直し、食糧を得た。私は夕食ごろ、その家に出かけ、一緒にごはんを振舞ってもらうのだ。

買い出しの列が、県境の橋を渡って延々とつゞいていた。どの人も、着物との交換だから、農家には着物がたまり、母の仕事は結構忙しく、工夫のしがいもあり、生き生きとしていた。

私は、地元の小学校の五年生になった。この学校に、母は関東大震災のあと、一時避難してきて、二学期、六年生に転入したのだという。

「大正疎開版か」

「二十年しか、あの校舎生きてなかったのね」

「何のこと？　あっちの学校のこと」

——関東大震災もあったのだ。損な目に合う人はいつも同じじゃないか。

——人間だって、土地だって

小さな不満は、片隅に追いやられて、忙しい日々を過ごした。

若く、厳しい女先生が、秩序を重んじ、私たちを統率していた。

新しい教科書は、薄いもので、包丁で端を切って綴じた。みかん箱の上に紙を敷いて勉強した。電球は、ずっとおおわれていたから、裸にされむき出しになって、淡い光を恥ずかしげになげかけた。

農家まわりのおつきのついでに、同級生から「宿題やって」といわれて、いつのまにか、宿題屋の名前もついた。

あちこちで呼ばれ、

「みっちゃん、見つからんようにな。先生、こわいんだよ。戦争のときは、ビンタをはったんだ。

まちがったことは、死んでもしてはいけません、っていつも言ってた」

私はちょっと気がとがめながらも、おなかが空いていたから、宿題を片づけていった。

七

ある日、学校は大騒ぎだった。校庭の片隅の奉安殿*の柵がこわれて、誰かが「扉をいじった」というのだ。

「……ですから、撤去した方がいいと申し上げたのです」

「いえ、金庫や倉庫に使う場合は残していいということでした」

「でも、こんなことになって困りました」

「御真影があの中にないんですから、別に……」

「今からでも裁可を得て、撤去しましょう」

先生方は大声で話し合い、もめているようだった。

奉安殿、御真影といえば、疎開地での重々しい儀式を思い出したりした。八月十五日の朝も、あそこに向かって、うやうやしく礼をしたのだ。今、まだほんの少ししか経っていないのに、

——いろんなものが変わってしまった。

――学校の中は大変だ。

――どんでん返し……地獄から天国へ――か。

そんなに　簡単に行けないよね。

――いちろうちゃん。どうしてる？

八

一郎は施設を出た。自由に動きたかったのだ。

焼け跡に行って、しっかりと確かめたかったのだ。

――まさお、お前んちのとこ行って、みてきてやるからな。ひろしとも約束したんだから、と自分に言いきかせた。


浩が疎開先に残ることになったとき、先生は言った。

＊奉安殿　戦時中、下付された教育勅語と、天皇・皇后の御真影（写真）を安置し奉る場所。どの学校にも必ず設けられていた。

「農家のお嫁さんが、あのときのかわいい子どもが、孤児になってしまったのなら、家で面倒を見たい……と家族を説得したのだ、浩は養子になったのだ」

――ひろし、どうだったのだ。おれが、まさおだったら、ほんとうにいいのかって、肩をゆすって聞いたのに……。

先生は、出発する間際に言うもんだから、何も聞けなくて、別れてしまったな。

――ひろし、岩手で　ガンバレよ。

――きょうは、上野に行った。

みんな、ごろごろしているから、いくらでもまじっていられる。

――狩り込み*に気をつけて、すばやく逃げるんだ、母さん。

――ぼく、昔、かけっこ早かったもんね。

――冬がくる前に、何とかしたいよ。

卒業証書をもらってないけどさ、上の学校に入るのが夢だったのに……。

親が見たら、何というだろう……。

この、くさくて、きたないからだが、大きくなったらなおるだろうか。

九

私は何もかも忘れてしまった。私の中の何が、私を変えてしまったのか。千葉の海辺も、岩手の花泉も、その前の下町の学校も。

――どうした、どうした。


きょうは、満州から引き揚げて来た子が紹介された。色の白い、きゃしゃなからだで、ていねいにおじぎをして、名前をいった。

先生は宝物のように、連れていってしまった。

「ビンタをはっていたのに、なぜパンにするんだ、きっと」

誰かが言った。


春に、一人の小母さんが訪ねて見えた。

床屋さんで、手紙を片手に、やせた目ばかり大きい子を連れていた。

＊狩り込み　戦災孤児や浮浪者を街頭から一斉につかまえて収容すること。

家のものは、みんな農家に手伝いに行って留守だった。

「あなたが、みちこさん。

ここに名前が書いてありますよ。

私のとこのお父さんが、みちこちゃんのお父さんとシベリヤで一緒なんです、って。訪ねてみなさい、って書いてあるの。

実は……。

みちこちゃん、ごめんなさい。

うちのお父さん、もうすぐ帰って来られることになって……、そのおしらせと一緒に……」

「何ですって、小母さん。うちの、私のお父さんのことは、いつ帰ってくると書いてありますか」

「それが、みちこさんのお父さんは、今少し、あとになるらしいのですよ」

私は、頭がくらっとしてきて――、それから涙がこぼれた。

小母さんが「ごめんなさい」を繰り返しているのを機械が言ってるかのように聞いた。

ヒョロヒョロ坊やが近づいて来て、私の手をとった。

いつ小母さんが帰っていったのか、母親にどうやって伝えたのか、すぐに忘れ去った。

夜、母は祖母といつまでも話していた。

十

三月に若い男の先生が、図画の好きな子どもたちを上野の美術館に連れていってくれたことがある。

長い時間、電車に乗って、田舎の子は、西洋絵画、定番の名作に会いに行った。たくさんの絵を見たのだが、覚えているのは、『タヒチの女』だけ。原色の力に圧倒され、へたり込んで、画家の名前だけを記憶した。

それと、昼、上野の森で、持参のおにぎりを食べようとしたとき、どこからか、飛鳥のように現われた浮浪児にさらわれてしまったこと。

「みっちゃんは、ぼうっとしているからよ」

「お前、待てえーって、大声出せばいいんだよ」

「誰か、少し、わけてあげてください」

「私の、あげる」

いろんな声が、それこそ、ぼうっとしている私のまわりでとびかった。

私は、どういうわけか、

――あれは、いちろうだ
と、すぐに思ってしまった。

一郎は、施設を脱走して、浮浪児になっているらしいと、ずっと前に、母がゆうじの小母さんから聞いてきたとき、

「そんなこと、ないよ」

と、言い返したのに……。

――いちろうが来たのだ。あの話は、ほんとうだろうか。でも、今の子は、断じていちろうではない。いちろうがひとさまのものを盗るなんて――

そこゝに、目から光を放つ小動物のような少年たちがすきをうかがっていた。

空いたおなかをおさえながら、つよい陽差しの中で、たゞ立っていた。

模範生のまゝ、小学校が終わりになった。お金がなくて、修学旅行には行けなかったが、別にどうということはなかった。

十一

卒業式があって、新制中学校が始まった。といっても、校舎がないので、別棟のお裁縫室にとりあえず、移っただけだ。

隣にあった奉安殿は、取りこわされ、砂場になっていた。

二部授業*で、遅番のときは、歌をうたいながら、畠や田んぼ道を抜けて通った。ここは、機銃掃射のとき、逃げこむのにいいや、この小川のザリガニ、必ずモノにしてやる、とか何とかいいながら、昼日中、うるさいことであった。

新制中学の新しい校舎は、川辺りに出来た。

校長先生は、ある日、言った。

「教室の足りない分は、青空が待っています。机は、あの岸辺の軍の倉庫から、使えるものを運びます。途中、川で洗ってください」

＊二部授業　戦後すぐに、教室不足の折り、学校では、早番、遅番に分けて授業を行なった。

私たちは、身にあまる机をかかえて、ぞろぞろと一キロも歩いた。

「あのね、みちこちゃん。あそこの軍の倉庫に、いっぱい白いキレとか、糸とか、毛布もあったんだってよ。それが、戦争、終わった日の夜、一晩で、みんななくなったんだって……」

「ほんとう？　そんなの、ある？」

「うちの　叔父さん、見たって……。電気をいっぱいつけて、トラックがやって来て、片っ端から持ってっちゃったんだってよ……。

前の日まで、戦争だったんだから、こわいから、じっと、見ていたんだって……」

保子は続けた。

「お前みたいな、軍隊帰りが、すぐに話すのも考えもんだって、うちの父さんたちが言ったから、叔父さん、黙ってて、それでも時々、おれ、夢みたのかなあ——夢だ、なんて言ってるうちに、元気なくなっちゃったのよ。

わたし、ずっと忘れてて、きょう、この倉庫に来たので、はっと思い出した。三年も前なのにさ」

「机だけが残ってたってわけか。一晩で——ねえ。消えちゃったのか。

どんでん返しだ」

——いちろうも、ひろしも、ユキちゃんも

——どこにいるの。

——隠れん坊してるの。

十二

浩は養家のいっぱしの働き手だった。この家の次男は、満蒙開拓青少年義勇軍*というのに行っているということだ。何でも、高等小学校卒業と同時に強くすすめられて送り出されたのだそうだ。

おばばは、それがどこなのか、いつ帰ってくるのか、説明ができなかった。たゞ「すすめられて……」と、きまって言うのだった。

＊満州開拓青少年義勇軍　満州事変後（昭和6年）、中国東北部（満州と蒙古）へ十五歳から十八歳までの青少年が、農業開拓のため盛んに送り出された。

寝る間もないような暮らしの中でも、お嫁さんはその話になると外へ出てしばらく戻って来なかった。この人のたっての願いで、この家の子になったのだから、聞いてはいけないことだと自分に言い聞かせてきた。

この地に慣れてきた頃、キャサリン台風が襲来し、川からの濁流が村々を湖のようにした。家も田畑も牛も馬も、水につかった。水の引いた後が大変で、浩は小さいながら活躍した。

遠いかすかな記憶の中に、母が、

「ちっちゃい頃、水が出て赤い花緒の下駄が流れていったのよ」

と、寝かしつけながら話してくれたことがあったような……。

あれは、幾日も雨が降り続いて、大横川があふれてしまうと心配したときだった。

——母ちゃん、母ちゃんの知らない土地で、おれ、活躍してるんだぜ。

水には、いつも心配させられるね。

——ついでに、兄ちゃん。

兄ちゃんは八日間、いい思いをしたから　いいよ。

兄ちゃんからもらったもの、陽に透かすと、虹になってきれいだ。プリズムだよね。

――いつか、東京へ行くよ。

――かわいい犬を飼おう。チコとつけるんだ。

いつも、胸の中で語りかけた。

十三

新制中学一期生は、何かと大変だった。

でこぼこの運動場は、ローラーでならすことになった。

「志願兵はいないか」

「先生、言い方悪いですよ」

「栄養が足りてないんですから、あんまり、力を出させないでください」

やさしい女の先生が言った。

誰も、

「男なら、やってみろ」

なんては言わなかった。それで、あたま数を多くして、少しずつ動かし、ならしていった。楽しい野球をやるんだもの、がんばった。

校舎とともに、様々な先生が、現われては消えた。先生らしくない人たちが、学校の主流のように見えた。

自分のこれからのことを夢見るように話した、青年教師。

勤労動員で工場に行っていたとか。

「勉強に戻れてほんとうに嬉しい。今は、先生、半分です」

と、兄貴風の先生。

「病気がちだったから、役場で小さくなっていたんですけど、こちらでお世話になります」

と挨拶した先生は、青空教室の時は、大きな麦わら帽子を被った。後の方まで、声は届かずに、青空の彼方、風に乗って消えた。

私たちは、何より自由で、ごちゃごちゃ言われないのが嬉しかった。

私はいろいろな生き方の見本帳を前に、品定めをしている気分だった。

色あざやかな服の女の先生は、

「自分が一番大切なのです。親のためではなく、生きるのです」

手を振って力説した。

十四

七月、父がシベリヤ抑留より帰って来た。

ひもでつるした眼鏡をかけて現われたのだ。私は、何も話さず、たゞ見つめた。時折、ぷーっと吹き出したくなって困った。父も笑い、母の声は高くなった。

突然、一郎の遺言がとびこんで来た。

——楽しいことも、すぐに終わりになってしまうんだ。

一郎が、私のわきに立っていた。

その夜、私は父の手をしっかり離さずに寝た。父のもう一方の手は　母の肩にあった。

明け方、家の玄関をたゝく甲高い声に、家中、驚かされた。裏の家の小母さんが産気づいたのというのだ。

「お産婆さんを呼んできてください。お願いします。たのみます」

というわけで、父が自転車に乗って迎えに行くことになった。私がうしろに乗って、道案内となった。帰ってきた翌日の、自転車こきはきついのなんのって、その上、私の重さが苦行となった。

静かな朝の街を、ふらふらと自転車が一台通り抜けた。

父は、お産婆さんに、

「乗せてください」

と、言われたとき、

「あせったよ。でも、お前より軽かった」

と、ほっとしていた。

その日も、次の日も、父はたゞひたすら、寝た。

子だくさんの家に、また一人、増えた。そこの家の長男は、同級で気弱な少年だった。

「この間のお礼に、君にあげます」

と小さな声で言って、米軍機のフロントのフーボーガラスの小さな一片をもらった。

布地に何度もこすると、甘酸っぱい匂いが漂い、何ともいい感じだった。

間もなく、小父さんがどこからか帰って来て、お礼にみえ、粉をくださった。


『鐘の鳴る丘』がラジオで放送開始された。


遠くへ押しやっていたものが、目白押しに出てきて、ずらりと並んだ格好になった。

——戦争孤児は、みんないい人に出会えただろうか。

祖母は、いつも姿勢正しく、しっかりと聞いた。ブラウン管の中の孤児たちに、話しかけんばかりに近づくのだ。

ある晩、

「何もないって、いいね」

祖母がしみじみ言った。

「それだけじゃ、だめよ。ないところから、工夫して、生み出していく場所と時間が必要なのよ」

「平和ってことなのよ」

母が言った。

生意気な反抗期の私は、張り切っていた。

何かやれそうな、何かがおこりそうな、予感の中で、日々をおくった。

「疎開」は遠いことになり、私は立っていた。

十五

秋の運動会、私たち女生徒は、変わったダンスを披露することになった。オカッパ頭の若い先生の創作で『インディアンの踊り』だ。

はだしで、輪になってまわり、時々、中心に向けて声を出して、手をあげたりした。

「からだをいっぱいに使うの。からだで表現する、からだを自由にする。見られているなんて思わないの」

先生は、自分自身にも言っているようだった。

男子生徒たちは、

「ありゃ、何だ」

とか言いながら、

「お前ら、人食い人種なんだぞ」

と、言ってからかった。

先生たちの中には

「突飛すぎますよ」

まゆをしかめる人もいた。

運動会まで、日に日に高まって、最後、ときの声をあげて終わった。私たち女生徒は、解放され、しあわせな気分になった。

その夜、私は初潮になった。

翌日、お赤飯が炊かれた。

「お手当」*の話は、六年生の修学旅行の前に済んでいたが、実際のこととは大違い。し

＊お手当　月経の際、どうするのか、学校では女児に説明する時間を設け指導していた。

ばらくは、母に甘え、痛みに耐えた。

――どこにいるか、わからぬユキちゃん。

うちの母さん、貸すからね。

小さくつぶやいてみた。

――だけど、私がこゝにいる、なんて、誰が知ってるの？


毎月のものが回を重ねるにつれて、見えないものが見えてきた。自分に向けられるまなざしも気になったが、まわりの人どうしが見せる、わずかなしるしも、私の心に様々な問いかけをうんだ。


農家の物置を改造した家に暮らしていたとき、母に、お直しの服をたのみにきていた若い先生が、俄然、私の関心の的になった。

先生の家に、出来上がりの品を届けにいった。

玄関口で、ののしり合う、高い声、低い声。どうしようと迷ったが、思い切って戸を開けたとき、こわい顔の小母さんに、「何ですか」切口上で迎えられた。

「あの、これ、先生の……」

と言いかけた、とたん、先生が奥から飛びだしてきて、

「あゝ、あとで、あとで」

と、繰り返した。

駆けて家に帰り、黙って寝た。

後日、先生から、お使いのお礼だったのだろうか、手の平に、すっぽりおさまってしまう、桃色の小箱をいたゞいた。

十六

父の帰国で、母は念願のミシンを購入する決心がついた。もう、農家まわりとは、おさらばだ。

〈さらば　ラバウルよ。またくるまでは……〉

鼻唄がでてきた。

でもすぐに、外地引き揚げの英語の先生が、私たちの前で朗誦したブラウニングの詩

の、替えうたが浮かんだ。

「時は秋、田に稲の、

稔りたわわに……、

これからだ」

というときに縁を切っていいのだろうか、と思った。

秋の一日、親子三人、どこかへ出かけて、ミシンを買って来た。重いミシンの頭を、風呂敷に包んで、父が抱えた。浮き浮きとした母が小走りにつゞき、私は少し、あとを追う。

バスはいつまでたっても来ないので、橋を渡った。その日夕焼けは赤く、長い橋の欄干まで染めていた。

このミシンは　さまさまだ。長いこと、我が家の家計を支えてくれた。

脚の部分をどうやって、入手したのか、どうしても思い出せない。

十七

学校の行事の中に、それこそ、歩きどおし、文字どおり遠足というのがあった。十五キロの道のりをたゞたゞ歩く。列をつくって歩いたのではないから鍛練ではないだろうと思う。

お弁当も、はきものも充分でないのに、どうして歩いてばかりいたのだろうか。一人暮らしの先生の、手製の布のくつは途中で底がとれてしまい、手拭を裂いて結わえ、なんとか持たせた。

一つだけ、はっきりしているのは、道々、先生が、自分のまわりにいる生徒に向かって、「あそこを見てごらん」

「あれは種子を袋に詰めているんだ」

「たどんを干している」

とか、いつも説明していたことだ。

脈絡のない話、先生の興のおもむくまゝ、聞いていなくてもどうということもない、生徒は、あとになり、先になり、駆けていったり、立ち止まって虫を見たり、センセイ、センセイとうるさく質問したり、それでも前へ向かって進む。

たどり着いて、お弁当を食べ、帰ってくる。

子ども同士、しゃべりまくって、時に小さなけんかがおこったりしたが、いつのまにか、止んでしまう。

気に入った先生にまとわりついて、一日の「時間」を共有して過ごす。

無口な先生のロシア民謡とかも聴いた。年配の先生は、新任教師にその年の重大事件「下山、三鷹、松川は怪しい、くさい」と盛んに力説していた。

十八

朝鮮人の美恵ちゃんが、出来たばかりの国、北朝鮮に帰ることになった。

「お別れに、何をあげようか」

あれこれ考えた。母は、手袋がいいと言ったが、急な出発で、編むのが間に合いそうもなく、着物地の端布をネッカチーフに仕立てておくった。

先生のはからいで、家庭科の授業は、オカッポウとなり、料理したものを食べるお別れ会となった。

運動場の片隅に、石でかまどをつくり、ご飯を炊いた。石油かんの横に穴をあけ、上にはなべをかけ、さつま芋をふかした。

炊けたとき、男子生徒が、運動場を突っ切って、教室まで、わいわい言いながら運んできた。

さつま芋は茶巾しぼりだ。男子生徒のものは、欲ばって大きい。

先生は言った。

「この茶巾、ほんものは栗で作るんですよ。それにこの、先のところに、チョコンと紅をさすんです」

みんな聞いてなかった。この他に何か作ったのかもしれないが記憶にない。ただただ夢中で食べた。

新米の担任は、毎朝の練習の甲斐あって、上手に「トルコ・マーチ」を弾いた。

美恵ちゃんは、もともとおしゃべりだったが、祖国へ帰る嬉しさで、話にキレメがなかった。

「あたし、でも、朝鮮語、しゃべれないのよ」

ぽつんと言った。

新潟から船に乗るそうで、私たち仲良し組は、町を出るとき、川口の駅まで送っていくことにした。

その日は、雨だった。リュック姿の恵美ちゃんは、その端に私のあげたネッカチーフを結び付けて立っていた。

出発組も見送りも大勢で、私たちは埋もれていたが、恵美ちゃんの小母さんは近寄ってきて、

「アリガトウ、アリガトウ」

繰り返し言い続けた。

一斉に声があがり、電車は出ていった。

あれは、何と言ったのだろうか？

「バンザイ」とも聞こえたが、朝鮮語であったことはたしかだ。

十九

私たちの楽しみの中に、本のまわし読みがあった。

同じ、疎開っ子、ひさ子ちゃんの家には、たくさんあって、別棟の納屋にもぎっしりと詰まっていた。

「ほとんど　父のものなの。疎開したのよ。私たちみたいに。

この本、ソカイ本。

ソ・カイボンよ。ソは冠詞よ」

大人の本の魅力は本の外側にもあふれていて、私の手はいつも前に出た。

まわし読みの本は、『青い鳥』とか、『次郎物語』『奇巌城』、という無難なものにしておいて、二人は、うす暗い部屋に入り浸って、「お父さま」の娯しみの素のお裾分けにあずかった。ねずみのようにいたゞいたわけだ。

梅雨の頃だった。昇降口のところで、雨傘のしずくをはらっていると、ひさ子ちゃんが、「大変。ダザイが水に入って　死んだんだって……」

と声をひそめて言った。

「えっ、ダザイって何?」

「きょう　家に来てよ」

放課後、家にも寄らずに納屋に直行した。

「家のお父さま、興奮してるのよ。新聞に載ったダザイのことば、写してるの」

「知ってる人なの?」

「違う、違う。好きなんですって……。売れっ子なんですって。うまいし、心にぐーっとくるんだって……。それが、女の人とさ、入水《じゅすい》したんですって」

「ジュスイ?」

「きょう、このことば、初めて知ったわ。

一生のうち、そう何度も出会わないことばよね。だから、どうでもいいけどさ」

ひさ子ちゃんの説明で、私は「ダザイ」「ジュスイ」二つのことばを抱えて、遅く家へ帰った。

父は、ダザイのダも言わなかったので、私は、ひさ子ちゃんのお父さまって何なのだろうと、不思議でならなかった。

納屋に何度か通って、ダザイの『斜陽』を雑誌の中にみつけ、とばし読みした。

プールがわりのボートコースで、水泳訓練のとき、水は冷たく、きたなくて、ひさ子

ちゃんのようには泳げなかったから、なおのこと、

「水はキライダ。ダザイはナンダ」

と呪文のように唱えて顔をつけた。

二十

冬、小雪の日。

絵の先生のところのお母さまがみえた。大きい荷物を二つほど母に渡した。いつか、こわい顔で、私を迎えた人とは思えぬ静かな声であった。二言、三言、あわたゞしく帰っていった。

私は廊下の端で、足元を見ていた。爪皮[*]が少しはずれて、足袋にしみが出ていた。

母は手短に、

「家を出るんですって……絹子さんも一緒に。そっと、わからないように出たいので、しばらく預かってほしいと言われたの」

＊爪皮　雨雪の日などに、下駄の爪先を覆って汚れを防ぐもの。

そして、誰にも言ってはいけないと付け加えた。

知りたがりやの私は、祖母から、あの母娘は、戦後、後妻として入ったのだと聞き出した。


絵の時間、私は先生の顔を見ないようにして、やり過ごした。


二月、前日の大雪に、母があわてて、先生のお父さまに、とんび*の改造を届けなくてはと言った。

私は、現われたのが憧れの国語の先生だったのには驚いてしまい、どぎまぎした。

前掛け姿の先生の手は赤く、私の荷を受けとった。

「お代は?」

「……母があとで……」

小さく答えて、くぐり戸を出た。玄関脇の奥手の井戸端に、たらいがあり、せんたく板の上に白いものが置かれていた。

こんどは、母に洗いざらい話した。

母が、

「どんな人？　絹子さん、かわいそうね」

何度も言うのには、閉口した。


それから、しばらくして、絹子さんが荷物を引きとりに来た。

私は、絹子さんをじっと見つゞけて、母にたしなめられた。


国語の時間に、憧れの君が、文楽の話をして感に堪えぬように、

「いいですね」

と言ったとき、あかぎれの手はかがやきの証なのだと思った。


この世には、はかり知れないものがあり、思いがけないことがおこるのだと知った。
　　＊とんび　ダブルの袖無し外套。とびの羽に似ているところから呼ばれた。

二十一

私は新制中学をおえた。

少し前から、日記をつけはじめた。

『アンネの日記』の影響を受けたのだ。ユダヤ人であるがゆえに、迫害を受け、一家で隠れ家の生活を強いられたアンネ……、
閉じこめられた中で、キティという友を創り出し、「〝紙は人間よりも辛抱つよいから〟あなたに何でも聞いてもらいたい」、と書いていた。

私も心の奥底にしまいこんでいるものを聞いてもらえる人がほしくなったのだ。

二十二

高校入学のとき、一大事件がもちあがった。

学校に提出する戸籍謄本に、私の名前がなかったのだ。

父も母もあわてた。私は言いまくった。

「私、ほんとうの子ではないの？　どう、説明してくれるの」

詰問調がつづき、提出期限が迫ってきた。

ある日、父の知り合いの人が戸籍謄本をもってやって来た。

「これから説明します、みち子さん。

これは戦争のせいです。

お宅の本籍地の区役所は、三月十日に、あとかたもなく焼けて……、このことは知っているでしょう。原簿がなくなってしまったんです。

たゞ、副本というものがありましてね。それを手がかりに復活したんですよ。

副本はある年までのものでしたから、みち子さんの分はない……。

でも間に合いました、復活受付中だったんですよ。今回、作って入れてもらいました」

――ふーん、わかったようでわからない。

――生まれたのはたしか、親もたしか。

そういえるの、ほんとかな。

受付は今だって……。

――いやだな、何かいやだ。

私は早速、私のキティ、美穂に訴えた。

——じゃ、親子一家全滅のうちはどうなったのかしら。ある年以前のうちよ。

——子どもだけ、残された家は初めから、なかったことになるわね。

——親だけ残ったら、子どもは生まれなかったことになるじゃない。

——勘定にも入れられずに、死んでいった人はどうするのよ。

私は、友・キティに向かって恨みっぽく書いた。

正雄を思い、一郎、浩はどうなっているかと、すっかり忘れていた疎開の仲間を引っぱりだした。帳簿になかったとしても、町の人や、友だちの思い出の中に生きているに違いない。

——ねえ、そうでしょう。

また、霧がかかってきた。

二十三

朝鮮戦争が始まって、世の中一変した。特需景気で、仕事がすみずみまでゆきわたり、お金が動いているようだった。

だからといって、豊かになったというわけではなかったし、貧しいものは貧しかった。

高校時代は、何もない、と言っていい。

学校がおわってから、映画館通いにうつつをぬかしていたのだ。仲間がいた。いや伴侶だ。

「きょうはどこへ」

「うん、わかった」

以心伝心、いろいろなところに出没した。

もちろん、さぼっても行った。

『羅生門』、『大いなる幻影』、『天井桟敷の人々』、『ひめゆりの塔』など、手当たり次第にみた。

アルバイトにも精を出した。景品もらいの投稿はがきの整理は、かごに何杯もあって、その中から「当り」を決め、リストを作った。

切手蒐集家の助手、お菓子のメーカーの発送業務——どれも映画館通いのお金稼ぎだ。

でも、世の中、社会は動いていたのだ。

朝鮮戦争が半島を戦場にしていた。帰国した人たちは、どこにどうなっているのか？

知る手がかりがないのをいいことに、美恵のことを片隅に追いやっていた。


軍隊まがいの警察予備隊ができた。

何だか、硝煙の匂いがしてきた。


メーデーの日は、学校がお休みになり、好奇心一すじ、見に行ってしまった。父がメーデーの旗ものなどを用意していたからだ。

そのメーデーは皇居前で警官と乱闘になり、死傷者も出て、血のメーデーとなった。

その場に行かなかったとはいえ、メーデーを見に行っていたとは、とても言えたものではなかったから、知らん顔を決めこんだ。

学校は、その日、お休みにしたということで、教育庁より大目玉をくらい、先生方には処分が出たらしいのだ。

二十四

テレビ放送がはじまった。

街頭で、みんな一方向を向いて笑ったり、泣いたりしていて、そのすがたを見るのが、おもしろかった。

勉強をろくにしないくせに、大学へ行くことにした。

「女も経済的に自立しなくては駄目よ。やろうと思えば何でもやれる。広い世界が見える」

中学校のときの女の先生たちの生き生きとした顔が浮かんだ。

高校の女教師群は、年配であったから、実力がないのに、荒海にとび出す愚をしきりに説いた。


かわいい後輩のことが気になりだした頃、彼女に「『チャタレイ夫人の恋人』、もうお読みになりました？」

と、聞かれたのには驚いた。

「従兄から、借りたんですけど……」

表紙にカバーのかかった本を図書室の窓際で渡された。

家でひそかに読み通すのは、出来ない相談であった。母は、あとからあとから洋裁の注文がきて、夜も内職ならぬ本職になり、電灯のもとで、*まつりなどをしていたからだ。何ということなく読み、そそくさと返し、彼女への関心は一気に失せた。


才女の先輩は『第二の性』を熱っぽく語り、私の中の何かに火を付けたが、ある日、夕方バスに乗ってやって来て、

「どうしても、五百円いるの。貸してちょうだい」

と、言った。暗くなりかかっていたので、尊敬していた人の顔はかすんではっきりとは見えなかった。

一言も口を聞かず家に入り、隠し持っていた一枚を渡した。私の顔はひきつっていたのだろう。祖父のけわしい目でじっと見られた。

間もなく、祖父は亡くなった。

二十五

大学へ入った。

うたごえ運動が、キャンパスを圧倒していた。音痴をいいことに、高みの見物をした。夏に朝鮮戦争は終わって、すぐに町工場などの倒産が相ついだ。東北から関東まで、作柄は悪く、大凶作だと新聞が報じていた。そこに岩手の名があり、浩と重なり、たちまち、霧の朝が目の前に現出した。

しかし、遠く、はるか向こうのことにしてしまう、若さだけがあった。

それはまた、ミス・ユニバースやファッションショー、ロックンロールも遠い遠い。

自分と向き合い、自分を維持していくだけで精一ぱいの、貧しい学生であった。

「自分のことは、他人とのかかわり合いの中に、いつも在るんです。そのことを忘れないで、ヴォーヴォワールの『他人の血』を読みなさい」

＊まつり　布の端を内側に曲げ、外へ糸を出しながら縫うこと。裾あげなど。

貸したノートの中に、気になるメモを入れて返してきた同級生もいた。

自分のまわりを見ること、自分の立っている所を離れては生活がないのだ、と真剣に考えた。

二十六

隣りの家がまず気になった。家のものは、何も言わなかったが、大阪出身でみなにいじめられ、こゝに流れついてきて、くつ直しをしていた。生まれたばかりの女の子が希望の星のようだった。

その前の家は、わけのわからない暮しぶりだったが、陽気で人の出入りも多かった。二組の女中心の家族は、子どもたちも娘で、男は遊んでりゃいいの、という感じだ。

我が家の前は、まともな会社勤めの一家だと思っていたところ、ある日、女の人が現われ、小ちゃな男の子を置いていってしまったのには驚いた。祖母など、

「外で作った子どもだよ。奥さんが子なしだから、育てるのかね」

と母に話しかけ、父に、

「やめてください。みち子が聞いていますす」

と、たしなめられた。

祖母は母の母だから、気やすく、何でも話してしまうので遠慮はなかった。


その前は、朝鮮人。年子の子どもが、とんだりはねたりしていた。


一番前の家は軍人さんだったとか。

春、さやいんげんのふくらむ頃になると、気が触れるのだ。立派な体格に威厳のある顔は、雨の日も、一点をじっとみつめて、塑像のようだった。

その家の上の子は、中学きっての優秀な生徒で、新設まもない、遠い定時制高校に通い、工業技術者になっていた。

奥さんは、末の女の子が、マヒした足を引きずり、よだれを出しながら歩くのに付きそい、木陰では静かに本を読んでいた。


ここに流れてきた人たち、どこへゆくのか、あてのない人たちのたまり場であることに、すぐに気付いた。

よくもまあ、それぞれケースの異なる家が集まったことよ。

労働運動に夢中で、定収入のない父と、健気な母の組合せ。母を助ける母系の父母。我が家も変則であった。


だが、みな、何かやさしく、心に泌みいる人たちだった。まとめて、くくってなんかしまえない、確かな存在感のある人たち。ずっと昔の、あの下町の人たちとどこか通い合うものがあった。


私の関心は、まっすぐに社会問題には向かわず屈折していた。さりとて明るい青春にどっぷりつかるほど、単純でもなかった。

最後の大学生活の中、売春防止法が公布され、二年後にはパーになってしまうというわけで、

「男たちは探訪に出かけたわ」

と、まことしやかに言う友に、私は怒りをぶつけた。

――疎開地のおばばが語った、売られた娘たちは私たちの姉ではないか。

二十七

不況のさなか、卒業した。

就職は、女であることをいやというほど、感じさせられた。でも、そんなことはわかっていたから、募集要項に「男に限る」と記されていない以上、素知らぬ顔で書類を出した。

ふたを開けて、あちらの人事部の面々は、びっくり、というわけで、ヘンな抗議も受けたが、言質はこちらで取ったもの、すまして切り抜けた。なべ底不況なんだもの、ふたを開けてみておくれ、とか何とか言いながら、断髪で迫っていった。

そして、受けた会社の同系列の会社に回され、就職決定。

子ども向け絵本の編集の仕事だ。みなから、羨ましがられ、よろこんでもらった。しかし、おどろ木、ももの木のはじまり、知らないことばかりの連続だった。

それでも何とかこなし、井の中の蛙は大海におどり出た。自分が見つけた海への道は、次第に、藻が繁殖しすぎて、酸欠となった。残業につゞく残業の日々。

しょっちゅう、カミナリを落とすトップは、面接のときに真顔で、

「すぐに、やめられては困るのだ。元をとれないからね」

と言い、言下に否定した私だったが、命がギシギシいいだしては駄目だった。ついに抜けることにした。このことは、誰にも相談せず、神の啓示を受けたかのように行動した。

ほんの短い期間であったが、いろいろと学び、技術を覚えたので、その後、様々な場で活用でき、こちらこそ、元をとってしまった。

辛かった人間関係まで、素敵な人間関係に変わるのに時間はかからず、おまけをもらったかたちになった。

五月十九日、新安保条約採決反対の国会デモは、買ったばかりのテレビで見た。

連日の波状デモを見るだけの人であった。

仕事への責任と、残業に追われ、大事なことがどんどん流れていくのを、手をこまねいて見ているより仕方なかったが、どこかそれに似ていた。

自分の足で立ち、生きていくとき、それを保証してくれる経済的なものは、時に、自由や、誇りや、喜びと引き換えだということを実感をもって知った。

食べるために、自分というものを小さくし、耐えている人たち、縁あって結ばれ、家族となったものたちを必死に支えている大人たちの日々。

その中での小さな喜び。

新しい目が、まわりの人たちをとらえた。

小さな喜びを、どんでん返しで奪われた正雄たち、その他大勢。

いや、くくってしまえない一人ひとりが、私の前に立ち現われた。無念の思いをいっぱいに、死者となったいのちのかけらが、出口をもとめてさまよっている。

地霊は手を広げて待っている。


忘れないでいることだ。

しっかりと見ておくことだ。

「忘却とは忘れ去ることなり」だなんて……。

私はここにいる。私は、断じて「時の流れ」の跡をたどる。

二十八

浩は凶作の年、東京に出た。

冬場には、以前から、首都圏へ出稼ぎにゆく村の者は多かったが、収穫の期待できない今年は、どうしても行かねばならなかった。

東京へ行くのは辛かった。十歳のときの東京は、もう「ない」のだから、知らない土地に行くようなものだったが、失くしたものを探しに行くようで、心重かった。お守りに、兄のプリズムを持った。

地下鉄工事現場は、山の手方面で安心もした。暗い地底から、東京の土くれを滑車で地上にあげるとき、岩手の土の感触がよみがえった。

こゝでは、人は死ななかったのだろうか、親方に聞いてみた。若い者は興味なさそうだった。

マンホールのわきを、ひらひらとしたスカートがかすめた。

——みっちゃんも、あんなものはいてるんかな?

——ユキちゃんなら似合うな。

ふと思った。

作業明けの日、電車を乗り継いで、錦糸町の駅に行った。

——楽天地は　こんなに安っぽかったのか。

——おれは、小さかったのだな。

駅からの道は、さっぱりわからず、なつかしい小さな橋も名だけが同じで、何度もなんども夢の中へ呼びこんだものとは、まるで違っていた。
元、住んでいたあのあたりは、わからずじまい、疲れて宿に帰りつき、はて、
——きょうのことを誰かに話したいなと思ったとき、
——あゝ、誰もいないのだ
ということが、今更のようにわかって、涙が出て止まらなかった。恥ずかしいので、
外にしばらくいた。
——おれのことを知ってる人は　いるんだろうに……。
このドデカイ都会は、何も教えてくれない。
——第一、明るすぎて辛い。岩手の夜は、暗く、涙も夜霧にしてしまうんだ。
——正月は帰ろう。

二十九

一郎は、高校も大学も、二部を出た。

遅い大学生活の中で「安保」の運動と出会った。ためらわずに参加した。警察に追われて逃げまどう中、そばの人に棍棒がおろされ、血しぶきがあたりに散った。

そのとき、空襲の惨禍の中を、ひとり右往左往し、頭の上に落下してくる家々の燃えた木材を、手をあげ、身を守った自分の姿を重ねた。

——いのちは失うまい。

——自分を知っている人に、こゝにいるよ、おれは。

と言うまでは、おれは、死んだ人の分、生きなくては……。

誰でもいい、自分を保証してくれる人がほしい。自己の存在証明はどうやったらいいのだ。

夜遅く、学園に行くと、昼の学生のうたうロシア民謡が心にひびいた。とりわけ、『道』というのは忘れられない。

三十

私は教師になった。

美しい名前の小さな中学校で、教師も一ケタきり。悪たれ坊主が手ぐすねひいて待っていた。祖母の実家に近く、自転車で通った。

一人で三つもの教科をこなすように言われて、あせったが、それはそれでおもしろかった。

悪たれと、模範生が、ほどよくまじり合った不思議な集団であった。

私は彼等のカラカイの格好の対象で、どうにもお手上げになると、

「反省しなさい」

とか、何とか言って職員室に退散してきた。オムカエ係というのができていて、みんな、なりたがって名乗りをあげた。

夏休み終り近く、朝、登山の準備完了、出発間際の私は、テレビが報じる学校火災に仰天した。

「私の学校だ！」

おにぎりの入ったリュックそのまゝに、学校へ駆けつけた。

真夜中のことだという。あとかたもない校地のそこゝから、煙が上がっていて、まだ熱い。

生徒たちは、張りめぐらされた縄を揺らして、身を乗り出している。

警察が、テント の中に一人ひとり呼び入れて聞いている。

失火でもない、付火でもない、古い校舎だから漏電の疑いもある、ということになっ

た。

先生方は、それぞれ重苦しく、向き合った。

職員室の私の席のあたりを掘り返した。焼けて開かなくなったナイフが出てきた。

三日前の日直の日、茂が、本の整理を手伝いに来て、得意になってみせびらかしたものだ。

「まだ、一晩しか、正確には二十五時間しか、おれのものでないんだ」

何の取得もないナイフだったが、他の子も真似て、みせびらかし合戦がはじまっては——ヤバイことになると、機敏に判断し、とっさに、

「先生に　見せて。素敵だね。洋服　着せてあげようよ。家へ帰ったら、脱がせていいよ」

バッグの中の化粧袋の口ひもをさっと抜いて、ナイフを巻いていった。少し、足りなかったが、最後は花に結んだ。

できあがったのに、茂は友だちに呼ばれて行ったきり戻って来なかった。

それから、三日、七十時間しか経っていないのに、このナイフは死んでしまった。

茂の言い方を真似れば、そういうことになる。

茂が近寄ってきた。

「ごめん。ナイフ返しておけばよかったね。取りに来たんでしょ」

「うーん」

あいまいな答え。

「たかかった?」

「うーん」

「先生、おいらが整理した本、みんなバカになっちゃったの」

「そう」

図書室のあたりを振り返ってみる。そこは、まだ、くすぶっていた。

茂は焼け焦げたナイフを引き取らなかった。

全部燃えきらないワラ半紙が、片隅に積みあげられていた。

「真中だけ利用できるんじゃない」

戦災に遭った中年の女先生が言った。

三十一

九月からは、廃校になっていた小学校に移った。伸び盛りの中学生は、小ぶりの便所で、キャッキャッと笑い合って用を足していた。

昇降口を職員室に改造し、六帖ほどの所に身を寄せ合った。天井が低く、背の高い三人の先生は首を下げて出入りした。

「新しい校舎が建つまでの辛棒、辛棒。こゝで一つ、ガンバッテ――」

というのが、名刹の住職にして、ものすごいインテリの校長先生の口癖だ。

教頭は由緒ある八幡宮の宮司で、先生たちといえば無心論者で現世主義だった。

校庭の奥まった所に、忠魂碑があった。大きな木がうしろから影をつくっていた。

霧の中の忠魂碑が、瞬時、眼前をよぎった。

間借り生活だというのに、運動会を派手にやって、村の人ともども元気を出した。

冬、たてつけの悪いところから、風が入り窓枠をならした。

ある朝、昨夜来の雪が積もって、一面の銀世界となった。教室の中まで、雪は舞い込み何もできそうになかった。小止みになるのを待って、校庭の片隅で、丸山薫の『春の朝早く』を朗誦した。

永い冬の間
雪が深くて　行けなかった
山の畠や水田《みずた》の上を
点々と　兎の足跡が
空のむかふに消えてゐたり
風が幾度か

謎の絵を描いては消して
とほり過ぎていった
道のない　あの丘の背や
谷間の吹きだまりを

春になって
雪の固まる朝がくると
自由に踏んで行ける

さながらに
小鳥《とり》達が思ひ立つ一瞬に
未知の時空を羽ばたくやうに
目指す方へ　まつすぐに
横切って行ける

道を辿る半分よりも短い時間で
おおい　と友達を呼びながら
朝早く　淡紅《ばら》色の憧れの中を
駆け出して行ける

そのあと、生徒たちは柔らかな雪の上をやみくもに走りまわった。すねまで、足をとられながら、小さな鉄棒にぶらさがったりした。

隠れん坊が流行った。小さな納屋のようなものが、いくつか校舎のまわりに捨てておかれていて、頃合の隠れ場所なのだ。

下校時、一人どうしてもいないので、総出で探した。ちょっと、のんびりしているから、

「川にはまってしまったんだ」

「神隠しだ」

と、生徒はてんでに大騒ぎして、教師の肝を冷やした。

何のことはない。

「学校のお便所は暗くて、お化けが、ひっぱるから……」

家へ帰ったのだという。

三十二

新しい校舎が元の所に建った。

真白な、美しい校舎の屋上にあがると、川が一筋、遠くまで見えた。

整地された校庭で、最初の朝会が行われた。校長先生が、最後に、

「ココデ　一ツガンバッテ――」

大きな声を出したところ、牛が、

「モー」と唱和した。

私たちも、つられて一斉に、

「モー」

と、言ってしまって、真面目な先生をあきれさせてしまった。

絵の時間になると、晴れる限り、写生だ。どの子も上手な絵を描き、私を感嘆させた。

春先き、写生から帰った一隊が、

「先生『いちめんのなのはな、いちめんのなのはな』があった」

と、こもごも言いに来た。

翌日、国語の時間は、〝いちめんのなのはな〟の実見とした。土手伝いに行くと、見渡す限り菜の花畠が続いていて、私は陶然となった。


十月、どこからともなく、金木犀が匂ってきた。

新校舎の落成を記念して校門わきにカプセルを埋めることになった。

各自、好きなことばや絵などを持ち寄って入れ、封をした。地下深く埋めるとき、作業の中心となっていた先生は、生徒たち大勢のじっとみつめる目の威力におされて、上がってしまい、定位置にすんなりおさめられず、

「助けてくれ」

なんて、音をあげ、生徒を喜ばせた。

私は少し離れて、見守っていた。

——霧の中、何かを埋めたに違いない。

——いつか、あの忠魂碑のわきに立とう。

三十三

祖母が亡くなった。

関東大震災と、東京大空襲と二つの大きなどんでん返しを体験し、何ごとにも動じない、しっかりものであった。

一段落したある日、夜半に、父が倒れた。

どんでん返しが来たのだ。

母は、おろおろしながらも、気丈に病院との対応をこなした。

父は呼んでも応えず、意識のないまゝ眠りつゞけた。

冬が近づいていた。

病人の回復の兆しが見えないだけに、付き添いは辛く、切なかった。

母を助けて、夜の看病を受け持ち、つとめ先きから直接病院へ出向く。三日も続けると、どうにも身体がいうことをきかず、身内の少ない家族は、ほとほと困った。

何が困ったって、試験の採点など、期限のきられているものは、父のベッドの下にスタンドを持ちこみ、やるしかなかった。


病状はよくなかったが、膠着状態となったので、四六時中の付き添いは必要でなくなり、ちょっと息がつけた。

母の仕事は、看病のため、続けられなくなり、私が、家計を支えねばならなくなった。

病気は治る見通しはなかった。脳の血管に異常があり、半身不随とことばを失うことだけが確かだった。

それでも伝手をたより、薬を得、病院を替え、出来うる限りのことをした。大勢の人が助けてくれた。

「どうして、私だけが苦しまなければならないの」

「私でなく、私たちでしょう。他にも、同じように苦しんでいる人がいるのよ」

「何にもない人だっているじゃない」

母と私は、夜の病院の、暗い待合室で、声を低くして語り合った。

暖かくなるのを待ちかねて、家へ連れ帰った。

父の病気の予後のこともあって、東京へ引っ越すことになり、私は都内の公立学校へ変わった。

中学校の生徒たちとの別れの場は、私の中で非常にあいまいだ。

父のことが気がかりだったのか、そのあとの、めまぐるしい都会の生活にのまれてしまったのか、遠くかすんでいる。

この年、茂たちの卒業の年だった筈だ。

あとになって、あそこに、大切なものを置いてきたことに気付いた。

——埋めてきたのだ……大丈夫。

なんて、自分に言い聞かせてはみたものの、心にひっかかった。

その後も、一人の女生徒の便りが続いた。

同級生たちのニュースや、悩みの相談から、町の話、季節の匂いを運んでくれた。

母は「照子ちゃんのファン」になった。

三十四

この高校は、都会のはずれにあったが、活気に充ちていた。

社会の動きが、すぐに学校に反映した。

生徒は、中国文化革命に興奮しているものがいる一方で、東京オリンピックに夢中のものもいるといった風だった。

先生たちは、種々雑多な職業や仕事を経験してきた人が多かった。トラックの上乗りをして荷物の運搬をしていた人や、郵便局の仕訳のベテラン、筆耕などなどであった。

授業も個性的でなかなかおもしろそうだったので、生徒になって受けてみたいと思ったりした。

夜は度数の高い液体を飲みながら、ゆきつけの某所で社会時評に興ずるのだった。日替わりのようにメンバーは替わって、常連はほんの一握りだったが、連続評論もこなしていた。

戦争体験の話は、少国民には、うかがい知れない話もあって、身を乗り出して拝聴した。

文学サロンは放課後、紅茶で開いた。こゝには、生徒も時々やってきて、いっぱしの口を利くので、私は目をみはった。

「平和を守る。人間一人ひとりを大切にする」

「この二つを伝えることだ。お題目としてではなく、場面で、生活の中で、心底、そう思えるように、伝える。これが、なかなかむずかしい。教科を問わず、工夫して、楽しくやる」

私は、驚いてしまった。酒好きの、年中臭い匂いを漂わせていた……社会科の先生がいうのだ。学徒兵帰りで、生徒の信頼は厚く、校内のことは、よろず何でも知っていた。

炭坑離職者の子どもの転入が目立ってきた。

北から南から、東京の、このはずれの町にたどりつくのだと思うと、感無量だった。

転校生どうしは、仲良しになって、親に話したりしていた。

定時制には「金の卵」*があふれ、様々な方言がとびかっていた。

日直の日など、校舎の見廻りをしていると、踊り場のところで、肩を寄せ合って工場の話などをしている姿が見られた。

三十五

秋も深まった頃、近くの学校の英語の教師と結婚した。

私は、

「結婚後も働きつゞけます」

と、坂の途中で、立ち止まって宣言した。

のんびり、ほんわかした相棒で、しあわせいっぱいだった。

何よりも、一番の気がかりだった父のことを、

「生きているってことは、いいことです」

と、静かに言って、意に介しなかった。

その人の父は、終戦の年の五月、沖縄の戦いの中で亡くなっていたのだ。

生活する面からみれば、働けなかったし、人の世話を必要としていたから、まして、この先のことを考えれば、意味のない存在のように思えて、重くて、辛いもとだとみていた。

しかし、一変した。考えも徐々にかわった。

定時制勤務だったので、スレ違いであった。

学校の通学圏の新居には、生徒たちがよく遊びに来て、あるときなどは、トイレの中まで立つことになってしまった。

＊金の卵　地方の新制中学卒業生は集団就職で上京し、定時制に学んだ。求人が多く、ひっぱりだこであった。

帰るときに、川柳まがいの駄句をものされてしまった。

楽しい　トイレ」
せまいながらも
「川上家、

ビートルズが、若者の全身をとらえていた。文化祭のときは、いかれ・ビートルズが舞台の主役だった。

先生たちは、耳栓をしたり、寝込んだりして耐えるのだ。

四十一年、ビートルズが羽田へ着いた日は雨であった。いつのまにか、学校は空いてしまった。

その日のテレビが羽田の若者たちの熱気を伝えていた。

「うちの子らも、まじっているな」

生徒部の先生は、ヘンな確信のもと、安心しているようだった。

「先生、この曲、いいんですよ、とっても。とにかく聴いてください。

『イェスタディ』です。

楽譜を写しておきました」

熱っぽく言われて、受けとってはみたものの、妊娠がはじまり、つわりに悩まされていたから、上の空だった。

川を渡って神奈川県民となった。新しく開通した線の、団地の住人となったのだ。父母との同居がはじまった。

三十六

子育ての真最中は高校紛争と重なっている。学校によって紛争のすがたが違っていた。始まりも、収束もだ。

大学の学生運動が、それぞれの母校に向けて、指導と称し、手を伸ばし、勢力拡大から紛争の出前をしていた。

私の関心は、子どもを持ってからは、「いのち」に真っ正面に向いた。いのちを育て、守ることにつながって、死をおそれた。どんでん返しされてはかなわない。

ある日のこと、こんにゃく問答をした。

「もう、疎開になんか、やるもんですか。子ども一人、荒野に立せるなんて……」

「でも虎は子を……」

「谷に落とさず、大切にするんです」

「アクセント、ちょっと違うんじゃない？」

「キタキツネの子別れは？」

「遠くで見守っているんです。なわ張り争いをしながら」

私は、両手を広げて立った。

そして、学童疎開の話から、

「私は楽しかった」

ある女教師の優雅な語り出しに、どうやって疎開地が選ばれたのか、という話になった。

「一覧表をみれば一目瞭然でしょ」

と、誰かが言い、そのことが、子どもの運命を、人生を変えたのだと思うと、「しあわせ」側に選ばれなかったものはどうすればよかったのか、と問いかけたかった。

カミュの不条理が実感をもって迫ってきた。

不審気な私の顔に、あの社会科の先生は、

「皇太子の学年だけが一足先に実行されたんですよ。

これ、有名な話です」

と、話してくれた。

「でも、未来の天皇だもの、仕方ないんじゃありません」

「いや、一つの序列はその次の序列につながり、切れ目なく際限もありません。その上、情実だってまじる。理屈がついてまわって、正義になってしまう。

このことに限らず、いのちに軽重をつけていいなんて、仮にも思ってはいけないんです」

とつとつと照れながらの言葉は、私の心に火種をおいた。

「この話の　オチは、こうです」

とつゞいた。

「今は昔、受験生が学習院と東大の両方に受かって、どっちにしようか、迷って相談に来たとき、今年は、学習院にしなさい、と言いましたよ。なぜだか、わかります？

彼はその通りにして正解でした。

その年、東大は休講が多くて、それと反対に、学習院には、一流の先生の講座が新しく創られたそうですよ。

本郷から目白へ流れたんですね」

「二人で大笑いしましたよ。

実をとって、大いに勉強し、実力をつけ、活躍中です、あの人です」

「いのちの問題とは、少し違うがね」

と、頭をかいた。

実をとること、知恵を働かせることのおもしろさを知った。

三十七

その先生が、ほどなくして、交通事故で亡くなってしまったとき、そんな不公平があっていいんだろうか、遣された子どもたちはどうなるのだろうか、第一、先生自身の人生計画は頓挫してしまうではないか、と誰彼となく言って歩いた。

ふしあわせを誰が遠くに捨て去ってやるのか、分からなくなった。

それなりに年を重ねた人たちは、

「それは、仕方のないことです」

と、こともなげに言った。

——いちろうは、どうしているだろう。

——ユキちゃんは？

また、霧がかかった。


先生の遺児たちには、母がいた。

あんなに反抗し、父を悩ませていた子どもたちは、時間が紡ぐ癒しの中で、相手を喪い、一人ずつ、自立に向けて歩いていった。

一郎は　郵便局の職員になって、外回りを受け持っていた。

自分の仕事が、それぞれの家に、何かを運んで行く。それは好悪両様あったが、自分が手を添えると好ましいものに変わるような気して、ていねいに配った。

「もしかすると、どこかで知り合いの家に出会えるのではないか、と夢のようなことを思っていたそうだ。

私は二人の子持ちになっていた。

三十八

突然、忘れかけていた、どんでん返しがあった。

九月二十七日だ。

私は学校にいた。

午後だったと思うが……。

そのときの衝撃の中で、空が暗く感じられたので、記憶の束に、そのように定着した。

「川上先生、お宅の近くらしいんです。飛行機が落ちました。あたりが燃えているようです」

教頭が駆けて来て伝えた。

「テレビでやったんですよ」

家への電話は難なくつながって、母が出た。

母は意外に落ち着いて

「家の東側、真正面に、アメリカの飛行機が落ちた。川をへだてた向こうで、二キロちょっと先だと思う」

と言った。

「学校は？　保育園は大丈夫？」

「何とも、言ってこない」

ほっとした。

でも、あそこでは燃えている。怪我した人はどうなったのか。

その夜、子どもたちは、争って、自分の見たことを興奮して話した。

上の子は音楽の時間、

「すごい音がしたので、窓の方に行って、背伸びして見た。

パイロットの顔が見えた。

そのまま低く飛んでいってしまったんだよ」

地面に落下し、燃え上がった瞬間はどうなったのか。

保育園児は、庭にいたから、

「いろんな　キラキラしたものが、あちこちに落ちて来たよ」

と言った。

遅くなって、定時制勤務の父が帰宅した。静かに眠っているとばかり思っていた上の子が、何度も寝返りをうち、何か、声を出しているのに気付いた。


まだ、私たちは知らなかったのだ。

地面に突き刺さった悪魔の刃の下で、しあわせな家族が苦しんでいたことを。

直撃をくらって、家もろとも火だるまとなった、母と子二人。その他の人たち。

別々の病院にいるのだという。

アメリカの傘の下で、雨宿りできるとばかり、安心していた政治家の愚かな判断のツケが、戦争でもないのに、いのち一つひとつの上に回って来たのだ。

私たちは何をしてあげればいいだろう。

何日かして、小さな男の子は、母親を呼びながら、覚えたての「ハトポッポ」の歌をうたって死んでいったという。

子の安否を尋ねる母親は、火傷の痛みで気が遠くなりそうだという。

新聞、テレビの情報の他に、近くの人たちから、いろいろと伝わってきた。

だが、何をしてあげればいいのだろうか。

刻々と母親の様子が変わり、心配が広がる。

苦しんでいるのは、駅前の花屋の、素敵なお姉さんだった。

私は祈った。

墜落後の米軍の対応が問題になり、みな怒り抗議した。何を偵察していたのだ。

我がもの顔に空を飛び、下手な操縦で、失敗の道づれを連れていく、なんて……。

上の子は、ある日、学校で男子生徒たちが拾ってきた、ファントム機の破片をみたそうだ。

三十九

このどんでん返しは、静かな田園地帯に起こり、このことだけが突出した。当事者以外には、何ごとも起こらなかったかのように、その次の日から、普通の生活が営まれているのだ。

余計、辛いに違いない。

——私の学校でなくてよかった。

——自分ではなかった。

そんな風にして、日を送ってしまう大方の人たち——その一人である私。

今、母親を苦しめているのは、火傷や傷の痛みだけではなく、まわりの人と、自分との違い「ほっとしている人」の存在ではないのか。そして、

——なぜ、私たちに、ファントムの油がふり注いだのか……。

誰が、この問いに答えてくれるのか

——理由《わけ》があるの？

みんな同じなのに、私は変わらざるを得ないのはなぜ？

と、聞きたいと思うのだ。

哀しみに寄り添うこと

その人、そのもののように感じてあげること

いつまでも覚えていてあげること

この大きなどんでん返しには、考えさせられることばかりだった。

何といっても、米軍の軍事基地によって生じた犯罪であること。今後、絶対に起きてはならない。そのために力を出さなくてはと思った。

怒りの表現を伝えていくことを誓った。

世界のあちこちでは、部分戦争が行われていて、どんでん返しがしょっちゅうあって、いのちが失われ、涙がいっぱい流れていた。

だが、遠いことや、関係のうすいことを、自分への言いわけにして暮らしていた。
――どんでん返し
このことばを教えてくれた、
いちろうよ。
どこにいるのだ？

四十

とんでもないことは、国内でも外でも起こっていた。

学生運動のなれの果てが、お互い同士、疑心暗鬼の果てに、死に至るまでなぶり殺していたという事件。疑念がいのちをはふる姿に心がふさいでならなかった。

東京のホテルから、隣国の要人が誰にも知られないうちに拉致されていたり、大がかりな収賄で巨額のお金（黒いピーナッツ）が右から左へと動き、首相が逮捕されたり、……した。

毛東沢が死に、文化とはほど遠い、狂気の革命がおさまりはじめた。

大統領は二人も暗殺されていた。

ヘンな犯罪がゆきずりの人を巻き込み、いのちは、ますます軽くなっていった。

子どもたちは、元気がいいのかどうか、ほんとうのところ、わからなくなってきた。

インベーダーゲームにマンザイブーム、短い周期での交替が人々をせわしなくしていた。

人々のいるところ、さゞ波のような笑いに、突如、馬鹿笑いがまじって、その後、しらっとして場面転換となるのだ。

——どんでん返しというのかね。

四十一

私は転勤した。

都心の一等地。隣は大きな霊園で、航空写真でみれば、学校が割り込んでいるように見える。

はじめて、学校に出向いたとき、あまりに小さな校庭に、もう一か所どこかにあるのではないか、と思ってしまったほどだ。前の学校の広々とした校庭は、サッカーも野球も同時にやれて、校舎わきのポプラ並木は、夕方長い影を落としていたのに、これは何たることだ。

その分、校舎内はゆとりがあり、室内には様々な機器が何種類も置かれていて、学校の差は個性になれるのかと納得した。

霊園のそばだけあって、怪談ばなしには事欠かなかった。

「学校ってどこも、昔からそれなりにいわくく因縁のあるところなのよ」

と、長く勤めている先生が、わけしり風に言ったが、

――こんなに霊があるところでは、どうしたものか。

それなら逆手にとってみようと、生徒と一緒に、歴史上の有名な人たちの墓地調査をはじめた。

予め、調べておいて、出かけて実見する。

一基ずつ、訪問記風にまとめる。変わった墓石、凝ったものもあった。

お彼岸のときなど、お線香の匂いが、風に乗って教室に流れてきた。

秋も終わり頃、小学生の子どもに死なれたのだろう。若い夫婦が、墓地の一角にビーチパラソルをひろげて、その下に学校机、椅子を運んできた。椅子には赤いランドセルがかけられ、座ぶとんも置かれた。花の鉢がまわりに並べられた。

そして、数日して、子どもたちの声もまじる中、読経がはじまった。二階の教室の窓からは、目にしみるような、傘の色が、一点を区切っていた。

「いよいよ、はじまりましたね」

怒りっぽいくせに、滅法、心やさしい生物の初老の先生は、「きのう、あそこへ行ってみましたよ。十歳なんです。かわいそうに……」

と、めがねを拭く。

我が、墓地探検団は、陽が西に傾きかけた頃出かけた。人はみな去って、そこだけ異空間となって残っていた。

机の上に、友だちのお別れのことばが、寄せ書きとなって、貼られていた。

それから　かなり長い間、そのままになっていたが、いつ片づけにみえたのか、はっきりとしない。

その間、雨の日には、

「濡れてしまうんじゃないかな」

「横なぐりの雨だから……」

とか、心配そうに見守ってきた・

木枯らしが、まともに墓地を抜けてくると冬になるのだった。

「もう、墓地へ行くのはヤーメタ」

「どうして？」

「先生、あそこの一角は、うちの奴らのたまり場だよ。近寄れないよ」

「何してるか？　ご想像にお任せします」

「じゃ、あの墓の中のあるじは、煙いわよねえ」

「違う、帰りの相談してるだけさ。

バンドの練習するところがなかなかないんだ。

墓地でやったらいけないよな」

「どうせ、死んじゃってるんだから……さ」

「いい曲を聴かせてやりたいのさ」

「でも、みんな生きていた人なのよ。生きていた証《あかし》として、ここに今はおります、っていうわけ。何もない、っていうのとは違うの。誰かが、見ていてあげることになっている。知っている人がいないと、さびいしいもの」

ある時、鬱屈した気分のまま、墓地を抜けると、苔むして、かしいだ墓石に、花一輪が投げられているのを見つけた。なぜか、ほっとした。

四十二

校門わきの大きな桜は、春の一日、強い風を受けて花吹雪となった。

入学ガイダンスを一通り終えると、前列の新入生の男子がやにわに、
「ゆうれい、出ますか」
と、質問した。
「うーん、
お化けや幽霊って、この世に伝えたいことのある人の魂なのよ。
聞いてあげなくちゃ。
お願いしますよ」
と、答えたのだが……。

ある夕方、ひとり、大部屋の職員室で、その日のまとめをしていると、背のうしろに誰かがいる気配に、
「どなた？」
と呼びかけ、浮き足立った。いい気持ちでなかったことは、確かだ。

あるときは、ドアをたたく音。

「どうぞ……」

と、応えても、開かないまゝに、もう一度のノック。

この呼びかけは、誰からなのか。

浩だ。

結婚した。

同じ町の農家の娘だ。年がはなれていると親たちが心配したが、当人がいいと言ってくれて、来てくれることになった。

湧き水の傍らの花が、流れの渦に散っていくようすから、村の名がついたとか。

美しい村の美しい名前に、このとき初めて気付いた。

この地には、江戸時代の中頃、キリシタンの伝導が行われていたと伝えられていた。厳しい弾圧の中を人々はどうやって過ごしていたのだろうか。小さな関心がわいた。

——東京はこれではるか遠くになった。

まあ、いい。

――おれの源は、あの学校わきに、東京のしるしを残してあるのだから。

今、この土地の人は誰も知らないことだ。

四十三

あれは、いつのことだったろうか。

急に、生まれたところに行ってみたくなり、下町へ出かけた。

そのきっかけとなったのは、母の小学校時代の友だちが訪ねて来たことだ。

娘のつれあいの転勤に伴い、各地をまわっていたが、ようやっと東京へ戻れることになったので、何はともあれ、我が家へおいでくださったのだ。

二人は、少女のように華やいだ声で、橋のたもとのお稲荷さんの話や、伊勢屋のくずもちがどうの、こうのなどと、切りもなく話しつゞけた。

もう、遅いからと、娘さんにうながされ、帰られたが、疲れ果て、その夜は倒れるように寝てしまったとか。母にしても全く同じだった。

私は、母とは同じ小学校に通ったので、明治の初め以来の由緒ある学校が、戦災に遭い、廃校となった運命を嘆き合った。

いつか、母と並んであの辺を歩いてみよう。

お互いの小学校時代が、関東大震災と東京大空襲、という二つの大きな災禍を受けて、どんな風になったのか、確かめ合うのもいいなと思ったのだが、母は結局来られず、私、一人でやって来た。

町角で、油のしみた鉄の匂いが、ふっと身体ごと昔の記憶へと連れていった。

幼い目が捉えたものは、今はみな、ちゃちなものに映る。奥に入るのにためらった路地は、一またぎ。角を曲ると全く違う世界になって、目をみはったものだが、ずっと先まで、見渡せる小さな囲み。

あてもなく、所在なげに歩く。連れのない人間は、怪しまれて声をかけられた。

「この辺に住んでいたものですから……。年をとった母親に、今、どんな風になったか、話してやりたいんです」

七十代とおぼしき人は
「どこ？　お名前は？」

「あそこの角から三軒めの川上です。

ほら、あそこに酒屋さんがありましたでしょう」

「そうだったかなあ」

と、心もとない。

奥の方から、がっしりとした男の人が出て来た。息子さんらしい。

「山田先生、知ってますよね。

こんな、立派なものを作ってくださったんです。

私らも、協力しましたがね――」

広げた地図には
「戦災前の山崎四丁目居住者調べ」

と、書かれていた。

細かい文字がびっしりと、一軒毎に、家族一人ひとりの名前、その下には卒業年次が書きこまれていた。

学校創立百周年記念にあたって作成したとある。

学籍簿が、隣りの学校の奉安殿、改め大金庫に保存されており、それを手がかりにしたということだ。

私は目を凝らして、かつて住んでいた所に我が家のしるしを見つけようとしたが、なかった。

——そんな、馬鹿な。

何度見てもない。

欄外のところどころに、かためて名前が記されていたが、そこにもない。

「あの?」

問いかけて、ためらった。

「それ、あげますよ。

家へ持ち帰って　ゆっくり見なさいよ」

声がかかり、

「いいんですか」

と、何度も念を押した上で、『百周年記念誌』もあわせていただいた。

家へ帰った。

——どうして、ないのだ。

私は戸籍にも、なかった。

記憶の中の両隣の家は、記されているのに、なぜ、書かれていない。

母に話すのは、あとにして、端から端まで見た。

――わかった。

解けた、と言っていいだろう。

お隣の姉さん格の、文子ちゃんも載っていないのだ。でも、そのお兄さんは書かれているとしたら?

角の戸倉さんの所も見た。私の同級生の名はないのに、お姉さんの名はある。ある年齢より、上の者しか記載されてないのだ。学籍簿は古いのだ。

――そうだったのか。戸籍のときと同じだ。

しかし、近所の家の名は採り上げられているのに、我が家はない。欄外にすらない。

――町内の人たちにとって影が薄かったのか。

私は、我が町を、幼い目でしかと覚えているのに、町の中には、我が家も私も存在したしるしさえもないのだ。

山田先生は、熱心にこの地図を作られたに違いない。協力した様々な年代の教え子たち、細かに調べあげてほっとしたゞろうか。

——あゝ、ない家、いない私。

夜、明かりの照度をあげ、拡大鏡を片手にため息がつゞく。

この件は、とどのつまり母を心配させないために、言わずじまいになった。

地図の中に、中断された幼い友情を復活させる手がかりは、得られなかった。

望郷の想いは、宙づりになったまゝ、出発の日の校庭の片隅の雲梯《うんてい》のあたりをさまよった。

四十四

何年かして、松本清張の『波の器』を読んでいて、主人公、本浦英夫が、過去から絶縁するために、戸籍の復活を利用するという筋立てを知り唖然《あぜん》とした。

刑事、今西のことばを引用すると、

「……大空襲がございまして、浪速区恵比寿町一帯が焼野原となり戸籍原簿を保存しておりました浪速区役所も、法務局も全部、重要書類と共に灰燼《かいじん》に帰《き》したのでございます。そして、このような場合、当人の届け出によって、とくに戸籍が作成されることは法律によって決められております」となる。ここに目を着けた主人公は、戦災で全滅した一家の中に紛れこみ、全く別人になりすまし、経歴を詐称して、生きていく。

しかし、この浮浪児は、身元が明らかになるのをおそれて罪を重ねていくのだ。

この小説は評判となり、版を重ねたようだったが、私自身も含めて何人もの人物が重なり、読みすすめていくのが、切なかった。

四十五

母の死が突然やって来た。

私たちには、少なくともそう見えたが、ほんとうは、奥深いところで死に向かって歩んでいたことに、誰も、母ですら気付かなかったのだ。

父は、倒れて以来、手足が不自由となり、ことばを失ったが、その傍らに、母はいつもいた。

私たちは、父のことばの機能回復のために、様々な手だてを尽くしたが、はかばかしくなく、悲しいあきらめの中で長いこと暮らした。

父自身も自分の気持ちを伝えることができず、腹立ちまぎれに当たったり、悲しがったりした。しかし、その笑顔は童児のようにあどけなく、こちらの気持ちを和ませた。

あの、どんでん返しから三十二年も経っていたのだ。母の生は、場面転換ばかりで、ほっとする間もなかったに違いない。

その中でも、ものを創ることをやめず、孫たちの保育を助けてくれた。

これからは……という矢先の死だった。遺された者は、一つの死による収束の事実に、うろたえ、しばらくは呆然としていた。

母を連れて、疎開地を訪問したかった、地図の話もするべきだった、と自分を責めた。みんな手遅れになってしまって、何たることだ。当の母に叱られそうだった。

——聞いておきたかったことばかりですよ。

胸の中で言ってみた。

――父さんだって、同じでしょうに……。

ことばを口に出せなくても、父はよく理解しているようだった。

母が、

「お父さんはね。辛いときや、悲しいときにわかっていたのかしら、しっかりせいというように、ただ、抱いてくれたのよ」

なんて、言ってたっけ。


「何でも、役に立つとか、役に立った、とかで見ちゃいけないよ」

と、言っているのが聞こえてきた。

四十六

中国残留孤児の来日が続いた。

わずかな手がかり、布地の切端、昔、かすかに聞いたことばの片々。

幼い頃の家の間取り、街のたたずまい。

いろいろなものを広げて、自分をしっかりと確認したい一念の、かつての孤児たちのすがた。

今は、白くなった髪そのまゝの、初老の人たち。

いつも胸につまされ、切ない。

職場でも話題になり、

「もっと早い時期だったら、打てば響くように応えてくれる人がいたと思いますよ。残念なことです」

と、年配の同僚が言ったとき、

——とんでもない。響き合う山は沈黙することもあるし、打つ手にためらいもあったろうと思います。

声に出して言いたかった。

昔の記憶は、長い年月の中で種々多様に変化し、まだ動いていて、かたち、すがたともに思いがけない現われ方をする。

思いちがいをたくさん詰めて、高みにのぼろうとする風船のようなものだ。

だから、大事にしまってきた思い出を開帳し、サーブのように投げたとしても、確実に打ち返してくるとは限らないのだ。

相手もまた、変化し動いていく記憶を前に思案している。

戻れない月日は、様々なおもいをのみこんだ地霊に、慰められているのだ。

だが、私たちは、過去を共有する人が欲しい。たった一人、放り出された悲しみを分かち合えたら、悲しみの源泉に、共に遡っていけたら……どんなにいいだろう。


自分の身と重ねて、親たちの世代に目が入っているうちに、学校には、中国孤児の子どもが入学してくるようになった。特別なはからいでの入学であったから、遠距離からの通学が結構多く、その上、ことばが不自由で、学校嫌いになりかねない危うさがあった。

熱心な先生たちが、いろいろ工夫して教えていた。

この子たちの親が、中国に置かれてきた状況の厳しさを思えば、日本での新たな出発は困難があったとしても越えてゆかれるだろうと、大方の人は思っていた。

親たちは、悲しみを背負いながら、また、成長の途中で「自分は中国人でなかった」という事実に戸惑いながらも、母国を慕って帰国してきた。

しかし、連れられて帰って来た二、三世たちは、語るべき思い出を持たず、たゞ、受け入れられるどうか、落ち着けない日々であった。

親の問題は、そこにとどまらず、子にも現われた。

四十七

父母の中に、疎開世代がまじっていた。

「私、悪いくせが、ありまして、家族に、愛想を尽かされているんです」

「えっ」

「何でも、取っておくんです。

これは、あとで使える、
工夫すれば、何かに再利用できる、
という風なんです。

紙も、裏が白いと捨てられなくて……」

「私もですよ。
それは、別に悪いことじゃないし……」
「それが、です、先生」
ため息が一つ。
「度がすぎると、悪いんでしょうね。
この頃、気付いたんです。
食べものです。
もったいながって、
食べなさい。
昔は、食べられなかったのよ。私は居候でひもじかった。
なんて、年中、子どもにお説教したり強いていたりしたら、
子どもが元気がなくなってしまって、意欲がなくなって、
先生、とうとう学校へ行けなくなってしまいました。
私が　辛いと思って来たことを、子どもには味わわせたくないと思ったことが、裏目
に出てしまいました」

一気に話して、荷をおろしたように、こちらを向いた。

こちらとて、思いあたることが多々あった。

親と子の問題は、ないまぜになり、ちょっとや、そっとでは、解けないように思えた。親の受けた飢えのトラウマが、子に食をはじめとして、過剰な供与——その押しつけを生んでいた。

そのことに、我慢のできなくなった子は、突然、爆発し、破局となる。


外国の本で、ホロコーストから、辛うじて生還できた当時の子どもが、親になって、子育てがうまくいかない事例を読んだことがあった。

空襲のサイレンが耳につき、脅えながら乳をやる母や、常に誰かに見張られていると疑う父など、育てられた子どもが神経質になったと書かれていた。

どれもこれも、特殊な例ではなく、一般的なことなのだ。

戦争のおそろしさは、その当事者だけではなく、後の世代まで様々な影響が及ぶのだとあらためて思った。

親が、子どもに現われた問題を、自分の因果の報いだと考えているとしたら、なんと悲しいことだろう。

　こどもの側からいえば、自分の人生は、まっさらで始めたかっただろうに。

　親と子の問題を深くみつめ直してみると、様々なことが隠れていることに気付かせられた。

　疎開の子らの、子どもたちは、どうしているだろうか。

四十八

　道子は、とうの昔に、あのキティの美穂とは別れていたが、記憶にとどめておきたいことがあると、ノートを開いた。忙しいと、それも、キイワードを書くだけになっていたが、すぐにイメージが現出してくる、手がかりとなるのでやめられなかった。自分だけの覚えは、自分の心の扉へのノックであった。

　夏休みは、自分と向き合う季節だ。

〈ノート〉

軒先の月下美人は、二、三日前から、首が上を向いてきた。今夜あたり、開花かもしれない。

〈どんでん返し考〉

＊昔は、わからなかった。

●今、大人になって　わかったことがある。

子どもは、知らなくていいのよ。

よくない話だから。

今にわかるわ。

なんて言われて、わかったときの驚き。

今までの静かな世界が、――どんでん返し。

＊昔は、誰も知らなかった。

知ってる人は少しはいたんでしょうか？

●今、私たちは知りつゝある。
●学問の発達、技術の発達
いいことだらけ?
●考古学のめざましい進展
歴史のみなおし、もう一度、いや、何度でも勉強しなくてはなりませんな——どんでん返し。
●不治の病として隔離し続けたハンセン病は、普通の伝染病だった。
長く非人間的な扱い——どんでん返しとは、すぐにいかない人々の偏見の残滓。
●プラスチックさまさまだった日々
台所の主役は捨てる場にも困っている——どんでん返し。
●情報公開などによって明るみになった、数々の事実
●社会主義国家の内幕、人の動き
貧富の差をなくし、人間が安心して生活できるための社会体制を考え、追求してきた道のりを思うとき、現実の社会主義国家の非人間性、破綻が、連鎖的に明らかになるのは——何ともはや、どんでん返し。

人間の尊厳が守られる場はどこにあるのか。

現実の社会矛盾が、世界各地で様々に現われているのに、そのままにして、どこへ行くというのか。

わからないことを抱えながら、夢を持ちつゞけ、日々、きちんと生活していくのは、大変なことだ。

●日本の国の戦時中の情報の嘘八百――どんでん返し。
それが、時折みられる、もう一回転の、どんでん返し。

こちらは、昔の栄華を持ち出し、またぞろ復活の兆――オセロゲームをしているのではないぞえ。


きょうは、こゝまでにしよう。

八時半に開き始めた月下美人が、先ほど全開し、しべから強い匂いを放ちはじめた。月は十四日だ。白い花弁が揺れている。

四十九

〈次の日のノート〉
＊昔、正しいと思っていたこと。
今は、正しくないことになった。
●事実からわかったことだ。
●いや、知っていたのに、見て見ぬふり？——どんでん返し。
＊その逆。
昔、正しくないこととされたのに。
今は、常識になってしまう。
何だか変な——どんでん返し。
＊どんでん返しの大物は、戦争だ。
根こそぎ持っていく破壊力。
核という武器のおそろしさ。
＊地震や、水害その他の大地の怒り。

＊人間がひきおこす事故、火事。
＊死、病気、怪我、障害。
＊破綻、失業、倒産。
どれも、辛くて悲しい――どんでん返し。

立ち直れるだろうか。

五十

夜更けであった。

急に電話がなった。ノートを閉じて、立ち上って電話機の方に向かったが、切れてしまった。

また、掛かってくる予感がして、そのまま待っていると、案の定、ベルが鳴った。

「先生、こんなに遅く、済みません。

私の会社、きょう、いけなくなりました」

「えっ、何ですって、もう一度お願いします」

「倒産しました。さっきまで、何とかならないかと金策に走っていたんですが……親会社が、工賃を支払ってくれないんです。それで、下請けにも、払えず、連鎖ですよ」

五十代になったばかりの町工場の主が、電話口の向こうにいた。

都会の教師になった頃の卒業生だ。確か、自動車の部品を作っていた。あの当時の生徒は、同窓生の組合せが多く、結婚式にも呼ばれ、長い年月、付き合いを重ねて来た。

「先生、ごめんなさい」

声の主が代わった。

「大変だね」

「先生に、お話しても、しょうがないんですけど、誰かに聞いてもらいたくて、掛けよう、掛けようって、私が言ったんです。

うちが　駄目だと、困る人がたくさんいるんです。だから……」

「先生、何とか、切り抜けます。道を探してみますよ」

また、相手が代わった。

ビートルズを、いのちの源のように、身体いっぱいに受けて大人になった人たちだ。

「身体だけは　大事にして……。

食事はきちんと、とってください」

当り前のことを、しっかりと伝えた。

どんでん返し、もうすぐ場面が変わるから、気をつけるべしと、そこゝで言われてはいても、まだ遠い先のことに思えたりしていた。だが、何の準備ができるというのだ。

重い話を聞いてノートを中断したが、

＊もっと　耐えがたい――どんでん返し。

背信、裏切り、詐欺。

変節。

被害者。

何とたくさん、あることだろう。

出合ったものは強く刻印されたが、時が経つと、いつも、記憶の束にくくられてしまわれる。

――いちろうさん、あなたに会えたら、どんでん返しの話をしたいのです。

あなたは　どうやって立ち向かってきたのですか。

〈三日め、十六夜の月が輝いています。〉

五十一

私は、どんでん返しに会ったとき、最初は、戸惑い、うらみ節の一節も出ます。そのうちに、自分に与えられたものと受けとめ、観念するのです。状況に合わせつつ、自分を変えたり、状況を変えるのは、知恵の見せどころだと思って、やって来ただけです。いろんな力が試されるんですね。

やりすごす力、というのもおかしいが、やりすごせるように、自分を変えたということでしょうか。

どんでん返しに合っているのは、自分だけではない、と思うと少し軽くなったりして。——これは、ちょっと変です。どうして他の人も同じだと思うと、安心できるのか。不思議です。

この延長線上に、他の人に「がんばっていて大変ね」などと、言われると、ほんとうにがんばって切り抜けられるのです。

どちらも、「ひとりではない」と感じられるからでしょうか。

直接、もっと身近かで、手助けしてもらった場合、百人力となって立ち向かえるのです。


自分は前にちゃんとやれた、今度だって大丈夫と、自分に言い聞かせる手もあります。

何よりも、前のときに、やりおおせたということは、強い自信につながります。

また、どんでん返しに懸命に対処しているとき、思いがけないものを偶然発見することがあり、そのよろこびをもとでに、辛さに耐えて来ました。

大きな、どんでん返しを、
小さなときに、経験した、いちろうさん、
浩、
ユキちゃん。
みなさん、お休みなさい。

第二部

一

秋の気配が漂いはじめた。

章二は、動けないまゝ、テレビのご対面番組をみていた。一九九四年だった。

司会者の手馴れた対応で、何組かが進んでいた。

「最後に」

と言って、一息入れ、

「きょうは、ご本人が、ご病気のため、こゝにおいでになれません。そこで、替わりに、お孫さんがお写真を抱いて、岩手より参加されました。
直接、お孫さんから、ご対面希望の方の説明をおききしましょう
「ぼくは、きょうここに持参しております、佐藤太一の孫の恭平です」
胸のあたりのポートレートにスポットがあたり、レンズが近づいて、一人の老人の顔が大写しにされた。

「この祖父が、五年前ぐらい前から、軽いボケ状態になり、今ではだんだんひどくなってきています。

時々、うわごとのように、「ひろ」「ひろし」と名を呼びます。

『その人、何?』ときくと、少し経ってから、『ごめんな』と言って、ぼくや弟の手をとるのです。

ぼくたちは、この『ひろし』さんに会いたいのです。祖父に、ほんものの、ひろしさんの手を握らせてやりたいのです。

よろしく、お願いします。

あのう、実は、親たちは、こういう所に出るのに反対でした。

母は、『おじいちゃんの気にかかっていることが、いけないことだったら、どうするの』って言ったのですが、ぼくは来ました」


章二は、もう、驚いてしまった。

先生ではないか。


空襲の翌日、おれは学校の隣の公園の藤棚のわきで、先生をみかけた。先生はしゃがみこんで、遠くを見ていた。

「先生！」って、声をかけたら、前を向いたまゝ、すくっと立った。

おふくろが、先生の肩に手をやって、

「先生、元気出してください。

連れ帰ってくださって　ありがとうございました」

と言ったが、煙を吸っていたせいか、声は弱々しく、小さく、聞きとれたかどうか、こっくりして行ってしまった。

あの、佐藤先生だ。

先生は、「ひろし」と言ってるって！

正雄のところの浩だろうか。


誰かに言わなくては。はやる心を抑えていると、妻がやって来て、

「何も、あなたが――。名乗りをあげなくても」

「それに、あなたは、病気なんだし――」

とか、いろいろ並べ立てた。

こんな奴だったのか、がっかりしながらも、子どもの携帯電話で、テレビ局の指定したダイヤルを回した。

この放送が縁で、正雄や一郎に会えたらうれしい。何よりも、先生に会いたい。

あのときの後、どうしたのか、話したい。

先生の住所は、わかった。

しかし、先生も　ベッドの中。

現実の世界には、時折しか戻れないとか。

浩は依然として、名乗って来ない。

二

章二は　肺癌であった。早い発見も、癌の侵食力を食い止められなかった。

二度目の切除も成功していたが、最近、不意に、呼吸困難におちいるようになり、対症療法を受けていた。

すぐに行動できない身は、妻のいうのがもっともだと思い、静かに、浩が現われるのを待つしかなかった。

夕暮、病室の窓から、向こうの棟の壁が、入日を受け赤く燃えているのが見えた。あの壁は、縄文土器の色に似ているでしょう、と見舞いに来た娘が言ったなあ。空が夕闇に変わるまでは、ゆったりと時間が流れるのだ。

章二は告知を受けていたが、何故か、実感がなかった。東京のはずれの、緑がまだ残っているこの土地で、いずれ死んでゆくことを納得してしまっている自分に驚いてもいた。

それが、年を取られた先生の顔をテレビで見た今、あの少年時代への懐かしさが一気に噴き出た。

中途半端な学業。南方の地から帰ってこなかった父。母の働き。早く家を出て、世帯をもった妹。技術者の端くれ。

あけっぴろげの妻、やさしい子どもたち。

誰かと会いたい。十二歳から前の、一筋につながらない場面の数々。誰かと話したい。先生には無理だろうか。

三

浩が名乗り出た。

何日も経ってから、テレビ局は、一本の電話を受けた。おずおずとした言い方に、番組制作の担当者は、何度も問いたゞした。

佐藤家では、テレビの放映の中身とは別にいくつかの事実を告げていたから、本人であると確認され、浩は先生の家を訪ねることになった。

テレビ局が同行し、ご対面の場を撮る。これも、放映されるということで、浩は気おくれした。

先生のこだわりは何だろう。

まずいことがあったら、どう対応したらいいのか。

「十歳のとき、別れたお家の方のことが、わかるかもしれませんよ」

三十代初めとおもわれる女性のディレクターは、浩の気を引き立ててくれた。

先生は、神奈川県に住んでおられた。テレビ局の車で県境の川を越えた。

浩は、お土産とともに、北上川の写真などを持参した。

部屋に入った。

かつて、少年たちを奮い立たせ、がんばれと励ましつゞけた大きな腕は、だらりと垂れ、目には生気がなかった。

しかし

「先生！」

大きな呼びかけに、心持ち、顔をあげて、声の主をまじまじと見た。

だらりとした手が前に出て、浩をつかんだ。

わかったのだろうか。

「浩さん、先生に聞いてみてください。

わかったのか、どうか」

「先生、後藤　浩です」

両の手で、浩の手をかかえた。

「わかったようですね」

「えーと」

「そのう……」

のどの奥で、ことばにならない音が繰り返され、片手をはなして、自分の頭に手をやった。

それから、突然、ベッドの向こうの机のあたりを指さし、手を振った。

「えっ？　何？」

先生の娘さんが、

「わかった。あの机の引き出しのものね」

大きく、うなずいて、それから疲れたらしく、目をつむった。


引き出しから、茶の封筒が出された。

宛名に、浩の名があった。

浩は、みなの前で、ゆっくりと封を切った。

四

浩は語った。

「本来ならば、先生が、みなさまにお話するところですが……私が代わってお話します。

私の一家は、終戦の年の三月十日未明の、東京大空襲で散り散りになりました。私は、学童疎開に行っていて助かりました。――いや遺されてしまったんです。兄もいたんですが、六年生なので、三月十日の八日前、上級学校受験のため東京へ帰ったのです。そして被害に遭いました。親ともども行方はわかりません。多分、いや、絶対に死んでしまいました。死にに帰った、と言うしかないでしょうね。

三月から八月にかけて、親たちが、子どもを迎えにみえましたが、私のところへは現われませんでした。

冬を越して、翌年三月、学童疎開は解散となり、孤児もみんな引き揚げることになったのですが、私には、養子に欲しいという方が現われたのです。先生からそのお話を聞きました。

そのとき、実は東京へ戻りたかった、自分の目で、何も残っていないことを確かめたかったのですがね。

何しろ、十歳でしたから、大人たちの言う通りにしました。

別れの日、みんなが行ってしまった学寮で、ずっと泣いていました。

一郎さんも孤児なのに、帰っていったんだと、考えていると、新しい家の人が迎えに来て、ついていったのです。

親戚の人が来なかったのかどうか、先生にいろいろと聞きたかったのですが、先生たちは引率していく子どもたちの世話に追われていて、駄目でした。

学寮の角の柱にもたれて、みんなを見ていた私のすがたが、何度も夢に出て来たと、書いておられます。

別れるとき、どうして抱いてやらなかったろう。

手紙を出してやらなくて済まなかった。

新しい家の子になり切るためには、その方がいいのだと勝手に決めこんでいたが、よかったのかどうか、先生は悩んでおられました。

元気なうちに、岩手に行って、大人になった浩に、あのとき言えなかったことを話してやりたいという希望を持っていました。

また、都の施設に収容された孤児のことも書いてあります。――私、初めて知りました。

一郎さんは　そこを脱走していたんですね。

心配しています。

最後に『私のなつかしい子どもたちと、美しいくにに、行きたい』と書いてあります」

「お手紙を撮らせてください」

カメラが回った。

六年前に書かれたまゝ、手紙は引き出しにしまわれていた。色あせ、さめた封筒の端は少し、しわになっていた。

恭平の思いつきのおかげで、佐藤家は、ほっとした気分になった。

こゝのところ、先生の病状を見守りつゝ、気にかかっていたことを何とか解決したい

と思っていたからだ・

浩も、晴れやかな面持ちで、先生の傍らにいた。

自分は、残されたのではなく、野の神さまに偶然、選ばれ、守られて大きくなった。

先生は何も言わなくても、遠くで見守ってくれた。手紙をもらっていたら、列車にとび乗って、東京へ帰ってしまいたくなったかもしれないと、思っていた。

「東京は、大人になって行きましたが、落ち着けませんでした。生まれたところだというのに……ね」

浩は　ちょっとさびしく笑った。


「先生、ありがとう。今まで、いろいろありましたが、誰にでもあったことですね。

先生が、もう少し、お元気なうちに、お目にかかれたら、空襲の夜のことをお聞きするのですが……」

「いいえ、浩さん。それは辛い話です。

私は、何度も　この人から聞いています。

自分も　辛くてならないと言っていました」
先生の家族は、みな、先生の辛さと付き合って過ごして来たようだった。

五

「私、今、思いつきました。

きょうのことを、もう一度、後日話として流しますが、同時に、系列のメディアに載せてもらいます」

「いいでしょうか。

そうすれば、違う人の目に触れますし、正雄さんや、一郎さんのこともわかるかもしれません」

ディレクターは、嬉しそうにプランを語った。


二度目の放映は、前もって、テレビ欄に紹介された。

章二はしっかりと見た。

先生と浩が対面を果たしたこと、先生の手紙が紹介された。

浩が、兄の正雄の消息を知りたい、と訴えたことを知り、こんどは、自分の出番だと思った。

しかし、冬に向かって、病状は次第に悪くなった。

出番の機会を思案しているうちに、日が過ぎていった。

六

道子は母の死のあと、うつけたようになっていた。

一郎は　どうしているだろうか。

岩手には、もう雪が来たのだろうか。

春になったら、こんどこそ、あそこに立とう、還暦だもの。

金子光晴の「落下傘」の詩の一節が浮かぶ。

さくらしぐれ
石理《きめ》あたらしい
忠魂碑

戦時中、日本のそこゝに、建てられた碑。

身の丈にあまる大きな石。そこに彫られた大きな文字。顕彰されることごと。

戦後、忠魂碑は、土地によっては、撤去され、倒されているところもあると聞いた。


霧の中の、あの碑はどうなっているだろうか。


元旦、ずっしりと重い新聞のページをゆっくりと開いた。

新鮮な年の初めの感激が、年とともに薄れたとはいえ、お正月休みはのんびりと過ごせるので有り難かった。

正月の特集版に、「四十八年目の再会」とあって、道子の目は吸い寄せられ、そこに止まる。

小学校の教師と学童疎開児の再会が、昨秋のテレビ対面番組によって、かなえられたことを報じていた。

浩。いがぐりで虎刈りの浩はどこにいったのか。

白髪のやせた男の人が、静かに、老いた教師をみつめていた。

道子はいつも、先生はじめ、友だちのことを何かにつけ思い出し、呪文のように「会えたらいいな」とつぶやいて来た。

だが、そこでとどまり、流れるまゝに暮らしていただけだった。

しかし、先生の思いが、柔軟な発想の若者の行動力となって、新しい展開をみせた。

この、老いた先生は、もうすべてを理解し、脈絡づけて考えることはできなかったが、大事なものは、手渡ししてはいなかった。

折りたたまれた記憶の一つが、広げられ、先生自身も、不思議そうにうれしそうに、向き合っていた。

とうに、忘れかけていた感激が突如やって来た。

春を待って、岩手を訪ねることに決めた。

正雄のことをどうしても話さなくてはと、決意したが、時間をおくことにした。

自分たちのことが、れいれいしくマスコミに採り上げられるのを避けたかった。

真っ直ぐに前へすすめない性情が、苦労した生い立ちのなかで定着していた。

七

一月、神戸を中心に、大地震が起きた。すさまじいどんでん返しの様相が、テレビや新聞で報道され、道子は絶句した。

先生のお宅訪問も、先生の体調がととのわず連絡待ちになった。


章二は、二月、雪の日に、亡くなった。

末期の繰り返しおそう痛みの中で、何度も妻に、先生を訪ねてほしい。あの朝、焼け跡の公園で、最後に先生とお会いしたときのことを伝えてほしい、とたのんでいた。


納骨をおえて、妻は夫との約束を果たした。

その日、先生のお宅に道子が呼ばれていた。先生は、何を聞いてもわからないようだったが、章二の妻は、明るく、少年の日の夫と、先生の会話を再現してみせた。

「夫が復唱させたんです」

「それでいいよ、ってパスしたんです」

「本人が、自分の口で言いたかったでしょうに……」

道子は、きょうの話を胸に刻んだ。

浩に、話してあげよう。

何度も

「どんでん返しだ」

と言った、一郎の声がわりしたことばが、耳の奥に聞こえてきた。

滋子さんや、ユキちゃんにも会って伝えよう。どこかにいるのだと、言いきかせた。

八

道子は、その年、長い教師生活が終わりとなるので、最後の締めくくりの多忙な時期であったが、すべてを投げうって、三月初め、岩手に立った。

あれから、一度も訪ねたことはなかった。

こゝでの生活は、一年にもならなかったし、小学五年生の目には、五十年後の変わりようは、とまどうばかりだ。


まだ雪が残っていて、木々の芽は固いままだ。

川のほとりの宿で、浩を待った。

道子は、新聞で浩を見ている、少年・浩も知っている。しかし、浩は、知らないのだと思うと、どうやって会ったものか、柄にもなく緊張した。


夕方、浩は、一家を連れて現われた。

テレビに出て以来、静かな生活が乱されていると言ってから、一郎からの電話があったこと、章二の手紙、先生のお孫さんの恭平さんからは、先生の近況のおしらせ、あなたのいらっしゃることも連絡ありましたよ、と盃を重ねながら、淡々とことばが続いた。

「ひろしさん、あした、あの学校のわきの忠魂碑のところに連れていってください」

浩は、一瞬、びくっとした。

「ひろしさんは、あの碑のところへいらっしゃったこと、ありますか」

「………」

「あそこのうしろに、男組の人、
何か、埋めたでしょう？

あの、東京へ帰る日ですよ」

「ええ、まあ」

あいまいな言葉に、不審なものが感じられた。

あした、一郎が　こちらへみえるということなので、道子は、そのままにした。

九

一郎は、三月十日は、東京で過ごすことにしている。

何年経っても、これからもずっと、あの日がどんでん返し第一場なのだから、現場にいたいのだ。

夜は、川をはさんで、鎮めの灯ろう流しもあって、遅くまで人の波がつゞく。

あの橋、あの街角で、時折、たたずんで、目をつむっている人をみかける。

一郎はそのたびに、胸に手を当ててみるのだ。生きている。確かに。

あの明け方も、たった一人でそう思ったように。

あのとき、亡くなった人の分までも、生きなければと子どもながら思ったのだ。父や母よりも長く生きた今は、橋や川がいつまでもあのときのことを覚えていてくれるように、たのみに行くのだ。

翌朝、岩手に向かった。

駅には、約束どおり、浩の息子が迎えに来てくれた。

車で、小学校に向かった。

青年は、話しかけない限り、口を開かなかった。しかし、何でもわかっているようで、安心だった。

死の淵から、ひたすら逃げ出した――あのときの一郎の不安は、初老の心臓の動悸となって、今でも不意に襲って来る。静かに行動した。

校庭を横切って、一人の男が近づいて来た。

「ひろし、か」

「そうです」

「一人でがんばったな
まさおは消えてしまって……。

何もしてやれなくて、ごめん」

「………」

「ひろしが、先生と会えたから、おれたちもこうして、会えた。

お前がこの土地で守っててくれたことは、うれしいよ」

「いちろうさんも、一人で東京で　大変でしたね」

「いいや」


忠魂碑のわきで、誰かが手招きしていた。

道子だ。

道子は、一郎をしげしげと見た。

「昔のまんまね。

昔は坊主そっくり。

今は髪がうすくなってしまって……。

会えて、うれしいわ。

たくさん、話したいの。

気がかり、というより、知りたい、知りたいと、五十年も思いつゞけてきたことがあるの。

謎を解きたいのよ」

一呼吸おいて、道子は続けた。

真っ直ぐに、一郎の顔をみて、

「あそこで　何をしていたの？

何か埋めたのでしょう」

一郎は驚いた。

「君は、どこで見ていたの」

「寮の窓からよ」

十

浩の息子がエンピを持って戻って来た。

「ひろし、
君は、あそこを掘らなかったのかい」
「いや、ぼくは、年中忙しくて、
それに、ミソッカスだった。
いちろうさんと兄たちの
あとつきまんじゅうだったし、
あのときも、たゞ、付いていっただけです。

………道子さんから言われるまで、忘れてました。………来たこともありませんよ」


息子のただしは、父を見た。

――父は嘘をついている。何のために。
二、三日おきにこゝに来ているのを、中学生の頃からずっと見て来ているのに………
何か、秘密が　隠されている。


霧が、川の方から流れて来た。

浩は、さし出されたエンピを黙って手にした。

碑のうしろにまわり、足をかけて土にたてた。長い年月の重しを受けて、土は固かった。

ただしが代わり、力が加わった。

何かに当たったらしく、にぶい音がした。

一郎がかけ寄って、ガラスのびんを持ち上げた。

これだ。

道子は、霧の中で、身を乗り出した。

びんはエビオス。

「私たちが、ご飯がわりに、食べた薬。

家にたのんで送ってもらったのよね」

「このびん、いちろうさんの？」

「ちがう。

ゆうじのだ。確か。

飲みすぎるとおなかがゆるむ、って言っていたのに、引き揚げの日が来てしまって、みんなでいそいで飲んで、いや食べてしまって、からにしたんです」


びんは錆付いて、開けることは不可能だった。

浩が、小石を拾ってきて、びんをたたいた。

中に、たたまれた紙が入っていた。

文字が書かれていたが、読めない。


一郎が、照れながら、紙をわきに押しやった。

道子が
「見せて！　見せて！

お願い」

と、高くよく透る声で叫んだ。

「君は、ちっとも　変わってないね。

大昔から、知りたがり屋だ」

文字は長い年月の湿気を受けて、茶色になり、確かに、書かれていた文字のしるしだけを示していた。


「考古学の発掘なら、赤外線照射で読めるのよ」

「あとで、私の赤外線で読み解きます」

そして、ベーゴマと釣りのおもりが、都合、四つ入っていた。どれも錆の花でびっしりとおおわれていた。


一郎と浩は、長いこと、手の平に載せて見ていた。

「このベーゴマは　ひろしのだったね。

こっちの　おもりは、東京へ帰ったとき、釣りに行って、……しょうじと行ったんですよ」

「ちょっと待って！

しょうじさん、亡くなったのよ」

「そうでしたか。

あの日、ぼくのポケットに入ったまゝ命拾いした奴です。

岩手まで　付いて来たんで、こゝに、入れてやりました。

本日、対面を果たしました」

ゆうじのベーゴマは　浩のより、幾分大きかった。
「もう一つの　おもりは誰のだった？」
「さあ、まさおの、かもしれない」
「ひろしさん、
あなたが、お兄さんの代わりに入れたのでしょう」
しばらく、風の音だけが流れた。
「こゝには、
戦争なくなれ
いっぱい食べたい
また遊ぼう
って書いてあるんです」
かすかに、いくつかの文字がたどれるようにもみえた。
「このあとに、そう、こゝのところに、
三人の名前を書いたんです。
血で」

「そうでした。

指を切るのはこわいから、って、鼻血で」

浩が苦笑いしながら言った。

「そんなに　うまい具合にいったの？」

「ちょっと、興奮して、のぼせていましたからね。

誰かのを　分けてもらったんです」

「ゆうじ、のだ」


「ゆうじは　どうしているのか。

私は、生活に追われていて　忘れていました。

………

東京に帰ったら、真っ直ぐに、先生のところへ行きます」


道子と浩は、下を向いた。

――先生は、一郎を待っていられるだろうか。

――もう、五か月にもなるのだもの。
「しょうじの奥さんのところへも行きましょう」
浩が泣いていた。
一郎は、ただしに近づいて、礼を言った。
「父は、いつもこゝで　ハーモニカを吹いていました。
誰にも知られないように、朝早く。
自転車で来ていました」
一郎は振り返って、浩を見た。
向こうの木の陰で　背を向けて立っていた。
霧が深く、人影がかくれた。
道子は、一郎に近づき、
「どんでん返し、たくさん、あったわ」

と、ささやいた。

「いちろうさん、苦労なさったんでしょう。

………

私たち、キセルみたいね。始めと終わりの付き合い。

羅宇《らお＊》の部分は、わからないんですもの。

私は、ずっとあの碑のうしろに、何かかがあると思ってた。

いつか、突き止めよう。それまで、元気にしていなくてはと思ってきたのよ。

埋めた男の子たち、――ずっと四人だと思っていたけど……

いつか、会いたいとずっと思い続けてきた。

思いが、かなって、ほんとうにうれしい。

いちろうさん、

変わったのは、眼鏡をかけたってことだけよ」

一郎の穏やかなまなざしの中に、あの、遺言を聞かせたときの迫力を見いだすことはできなかった。
「みちこさん
忠魂碑は変えないと駄目です。
これは、慰霊碑にしなくては。
無念の思いをいっぱいに、死ななければならなかった人たち、遺された家族の悲しみ。
供養してあげなくては……ね。

無念さは、どこへも寄れないでしょう。
戦争での働きが、ほめたたえられる時代はごめんです。
忠魂碑が、そのしるしになったら、困るのです。

誰かのために尽くして、いのちを
供出、きょうしつ、してですよ、
褒美をもらう。そのことを記念する。

＊羅宇　キセルの火皿（煙草をつめる所）と吸口を接続する竹管のこと。

みなが末永く、そのことを語り継いでいく。

困ります」

道子は、一郎が、自分と同じことを考えていると思った。

ハーモニカの音色が、かすかに聞こえていると思ったら、だんだんに近づいてきた。

ただしが吹いているらしい。

「イエスタディ」だ。

母が、孫娘のリコーダーに、いいメロディだね、としみじみ言ったっけ。

道子は目をつむって待った。

一郎は、道子の横顔をみながら、この人には、どんな、どんでん返しがあったのか、と想いをめぐらしていた。

霧が少し流れて、あたりが明るくなった。

「私たちの付き合いは、キセル。

私たちは、サンドウィッチ」

――前の世代と、あとに続く世代にはさまれている、具なのだ。

「兄たちも、妹たちもみんな背高く伸び伸びと大人になれたのに、

真ん中は、押されて、小さい」

何て、みんな似ているんでしょうね」

「せめて、中身は」

「おいしく、味わいのあるものにしなくては。

ね」

道子は、しんみりと、誰にいうともなく、声に出した。

山も川も、草も木も、空も、そう、大地も、石もよ。

聞いてくれた？

了

あとがき――その後のこと

この作品は一九九五年、今から十九年前に書きました。退職を機に、記憶の中から折にふれて浮かびあがる様々なことを書きとめようと思ったのです。

一人の少女が、日々の生活の中で目にうつり、耳にしてきた断片をつなげ、光をあててみました。

当時の子どもたちを次々と襲い、その生活を変えてしまう大きな力を「どんでん返し。」ととらえたのです。こゝでは、戦争によっておこされた「どんでん返し。」が中心です。

遠い記憶の中に漂っているものをたしかめたい。ビンに詰めた子どもたちの願いは、今、大地の中より取り出し、空に向かって、広げてやりましょう。

二〇一一年三月十一日の東日本大震災、それに伴なう「原発」の事故がおこった。人々の生活は、打ちくだかれ、先ゆき不安の中で、身を置くところを探している。

この地に住んでいた、浩はどうしているだろう。東京の孤児を受け入れてくれた東北の大地は傷つき、汚されてしまった。

一郎よ、これは何といっても一番の「どんでん返し。」ではないの。

私たちは原爆の怖さを七十年近く前に、身をもって知り、その後も、第五福竜丸のこともあって、修学旅行は平和を考える入り口にしていた。私は熱心であった。

日本も、世界も、核兵器を捨て去ることは強い願いで、ヒロシマ・ナガサキはその誓いの日であった。

しかし「原子力は未来を築く」「平和利用」とばかり、「原発」は受け入れられ、そこゝに在ったのだ。私は知らなかった。

今度の三月十一日まで、核と「原発」は同根と考えない、お気楽さで、「原発」のお世話になっていたのだ。

原発稼働の廃物処理、事故のあとしまつ、オトシマエを付けるまでの気の長い年月を思うと、「原発」は駄目だ。

チェルノブイリの石棺が眼前いっぱいとなった。人間の作ったものの、どんでん返し。「げんぱつ」は複雑な構造の怪物だそうな。

事故がおきたら、取り返しがつかず、人の能力を超えている。その不安の感覚を忘れたくない。

「福島」のことは、想定外の津波がおし寄せたためだからという論理は、大地の「どんでん返し。」に対しての思い上がりだ。

一郎よ。

「どんでん返し。」から、立ち上がる力は、その都度、切り抜けて来た、生き抜こうという強い意志だ、ね。

橋本きよ子（はしもと・きよこ）
1935年、東京に生まれる。出版社で絵本の編集に携わったのち96年まで34年間教職に就く。92年よりフォトグラムの技法での作品制作をおこない、展覧会・個展で発表。竹橋事件の会会員。
著書・論考に『光から影へ―フォトファンタジィ』（1995年、東京書籍）、『花のフォトグラム―光透かして』（2002年、本の泉社）、『街角のスケッチ』（2014年、同）、「竹橋事件の謎―岡本柳之助の周辺を探る」（『季論21』2010年秋号）、「戦時下を生きた青春の残像―伊藤隆文のこと」（同2014年春号）

どんでん返《がえ》し。

発　行　2014年11月11日

著　者／橋本きよ子
発行者／比留川　洋
発行所／本の泉社
郵便番号 113-0033　東京都文京区本郷 2-25-6
Tel 03(5800)8494　FAX 03(5800)5353　http://www.honnoizumi.co.jp/

印刷／㈱音羽印刷　製本／村上製本所

ISBN 978-4-7807-1193-6 C0093 2014 Printed in Japan